美《ちゅ》ら海、血の海

馳　星周

集英社文庫

美ら海、血の海

0

　まるで巨大な生き物の群れが辺り一帯を駆け抜けたかのようだった。半端な大きさの生き物ではない。遥《はる》か太古の昔に滅びた恐竜の中でも最大クラスの連中が大挙して押し寄せ、走り去ったのだ。

　眼前に広がる街並みは、そうとでも考えなければ説明がつかなかった。建物という建物は薙《な》ぎ倒され、瓦礫《がれき》が隙間なく地面を覆い、そこかしこから異臭が立ち上ってくる。

　だれかの悪夢をそのまま具現化したような世界だった。破壊された町のど真ん中に大型の漁船が置き去りにされているのがその感覚を助長する。そんな悪夢の世界で家族を求める者たちが彷徨《さまよ》っている。

　真栄《まえ》原《はら》幸甚《こうじん》もその一員だった。あの大震災が起こった三日後、車と自転車を使って石巻《いしのまき》に入り、各地の避難所を回って姪《めい》の美絵子《みえこ》を見つけた。泣きじゃくる美絵子の口からやっと聞き出せたのは妹の貴子《たかこ》が津波にさらわれて流されたまま行方がわからないということだった。美絵子を仙台の実家に連れて帰り、テレビの画面に繰り返し登場する津波の猛威に震え、しかし、なんとしてでも貴子を見つけなければと思い至って今、ここにいる。

戦争を生き延びた貴子なのだ。どこかでだれかの助けを待ちながら生き延びているような気がしてならなかった。

美絵子も一緒に来ると言った。一度は結婚して家を出たが結婚生活が破綻してからはずっと親子三人で暮らしていた。父の園田春臣《そのだはるおみ》は漁へ、母の貴子は水産加工場のパートとして働き、美絵子は昔取った杵柄《きねづか》でピアノ講師の仕事をしていたのだ。春臣が肺癌《はいがん》で亡くなってからは母子が支えあって生きていた。

心の強いしっかりした娘だったが、仙台に連れ帰ってからは幼女のように泣き暮らしていた。確か二年ほど前に四十歳を迎えているはずだが、あの猛威は彼女の心を形作っていた土台をも飲みこんでさらっていってしまったのだ。

八十歳にならんとする老人が、四十歳を過ぎた娘の手を引いて地獄の底を彷徨っている。美絵子に呼びかける声もとうに嗄《か》れてしまっていた。

前方から啜《すす》り泣く声が聞こえてきた。嗚咽《おえつ》はあちこちから流れてくる。目を凝らすと、幸甚たちと同じように家族を捜して彷徨っていた人たちが足を止めていた。

まるでその先に結界が張ってあり、一歩も先に進めないとでも言っているかのようだった。

「どうしたのかしら……」

美絵子が足を速めた。母が見つかるかもしれないという期待か、泣き腫れた目の奥にかすかな光が輝いている。

だが、その歩みもすぐにのろくなった。あちこちから聞こえてくる嗚咽が絶望の響きを孕《はら》んでいたからだ。

幸甚は瓦礫の中を進んだ。啜り泣く声が大きくなるのと比例して、異臭も強くなっていく。記憶が刺激された。この匂いはどこかで嗅いだことがある。

それがなんの匂いだったか思い出した途端、幸甚の足が止まった。

「伯父《おじ》さん、どうしたの？」

美絵子が振り返った。幸甚は無言で首を振った。記憶が地鳴りのような音を立てて溢《あふ》れてくる。

すっかり視力が衰えているはずなのに、視界は鮮明だった。人々が立ち止まっているその先、果てしなく瓦礫と化した街並みが続いている。ここまで来る間も、同じ場所をぐるぐると回っているのではないかという錯覚を何度も覚えたほどだ。

だが、ここから先は違う。

瓦礫の上に、瓦礫の下に、瓦礫の隙間に人体が横たわっている。ひとつ、ふたつではない。数十、数百の人体が瓦礫と同化して景色にとどまっている。

死体だ。地震と津波に命を奪われた死体がだれに弔われることもなく散らばっている。衣服を着た者、衣服を波に剝ぎ取られた者、老人、若者、赤子、男、女、みんな等しく死んでいる。

美絵子がしゃがんだ。顔を押さえ、声を震わせて泣きはじめた。死体に気づいたのだ。

「えらいことだ、えらいことだ」

前方からよく日焼けした男が駆けてきた。

「死体だらけだ。こんなの見たことねえ。初めてだ。おっかあ！　どこだ、おっかあ!!」

男は幸甚の脇を駆け抜けていった。

「いいや」だれにともなく幸甚は呟《つぶや》いた。「初めてじゃない。これと似た光景を知っている。海が真っ赤に染まっていたのをまだはっきりと覚えているぞ。あの時も、辺り一面死体だらけだった」

1

見えたと思った瞬間、グラマン機が急降下してきた。

「来るぞ、逃げろ」

だれかが叫んだ。真栄原幸甚は砂糖きび畑の中に駆け込んだ。次の瞬間、雷鳴のような音と共に銃弾が降り注いできた。幸甚は地面に身を伏せ、両手で耳を塞いだ。敵機の機銃音が西から東へと流れていく。無慈悲な銃声を耳にするだけで命を奪われてしまいそうだった。級友の安全を確認する余裕はない。ただただ自分が助かることを祈るだけだった。

グラマンは二度、三度と地上に機銃を浴びせ、東の方角へ飛び去っていった。おぞましいエンジンの音が遠ざかるとだれかの絶叫する声が聞こえてきた。

「比嘉《ひが》がやられた。比嘉がやられたぞ」

声の主は五年生の金城一郎《きんじょういちろう》のものだった。比嘉というのは四年生の比嘉勲《いさお》のことだろうか。幸甚はきび畑からそろそろと身体を起こした。沖縄一中の生徒たち

――いや、鉄血勤皇隊《てっけつきんのうたい》の隊員たちが一斉に金城の声のした方へ移動しはじめた。グラマンの機銃掃射に薙ぎ倒されたきびの間で、金城がしゃがんでいる。華奢《きゃしゃ》な腕に抱えられているのは比嘉勲で、血まみれだった。

「腕がないぞ」

だれかが耳元で囁《ささや》いた。幸甚はうなずいた。比嘉の右腕は肘から先が消えていた。機銃にやられたのだ。比嘉は撃たれたショックで震えている。まだ痛みは感じていないはずだ。

「布をよこせ。止血するんだ」

比嘉の血を浴びながら金城が叫んだ。四年生のだれかが薄汚れた手拭いを差し出す。金城はその手拭いで比嘉の右腕を縛った。

一カ月前ならだれもが右往左往していただろうが、みな落ち着いていた。首里《しゅり》にあった一中校舎が砲撃をくらって以来、怪我人《けがにん》はもとよりたくさんの死人を見てきたのだ。グラマンの機銃や米軍の砲撃に震えることはあっても怪我人を見てうろたえることはなくなっていた。

「よし、壕《ごう》まで運ぶぞ。だれか手伝え」

血まみれのまま叫ぶ金城は悪鬼かなにかのようだった。元々はあまり目立たない上級生だったのだが、一中生徒が鉄血勤皇隊に配属され、首里から保栄茂《びん》に移動する間にたくましさを身につけていた。今ではだれよりも頼れる上級生だった。

金城に手を貸そうと幸甚が前に出ると、金城が首を振った。

「三年生はいい。無駄な体力を使うな。四年生、手伝ってくれ」

同じ学校の生徒とはいえ、三年生と四、五年生の間にはかなりの体格差がある。幸甚は三年生の中でも小柄な方で、ここ数日間下痢が続いているせいで体力も落ちていた。

四年生の浦崎守昭《うらさきもりあき》が金城に手を貸した。突然、比嘉が叫びだした。

「痛い！　痛いよ、母ちゃん」

だれかが比嘉の口を押さえた。そんなはずはないのだが、叫びがグラマンに届くのはまずいとつい考えてしまう。

「しっかりしろ。腕がなくなったぐらいでなんだ。死んだ級友たちに申し訳ないと思え」

金城は比嘉を一喝すると力強い足取りで歩きはじめた。

＊　＊　＊

保栄茂へ移動してきた当初はグラマンの機影を見かけることもなく、砲弾が落ちてくることもなく、きび畑のおかげもあって飢えることもなく、首里に比べれば天国だとみんなで話し合っていた。だが、それも一週間ほどのことで最近は連日のように砲弾が飛び交い、グラマンの機影を見ない日はなかった。

戦況が悪化しているのだ。勤皇隊員の顔には疲労と不安の影が射している。

だが不安を口にする者はいない。根性のねじ曲がった兵隊に聞かれたら顔がひん曲がるほどぶん殴られるからだ。

兵隊には二種類いる。兄のように優しい兵隊か、うちなーんちゅを頭から馬鹿にして威圧してくる兵隊だ。

鉄血勤皇隊を率いる篠原《しのはら》配属将校は前者だったが、大抵の兵隊は後者だ。勤皇隊員はだれしもそんな兵隊を心の底から憎んでいたが心情を吐露することはもちろん、態度に表すこともなかった。軍隊は階級が絶対で、勤皇隊員にはその階級すらない。学のない二等兵にだってへいこらしなければならない立場だった。

壕の中はざわついていた。ここの壕は分厚い岩盤を掘って作られた陣地のようなもので、一般人が避難壕として使用する天然洞窟《どうくつ》とは頑丈さがまったく違っていた。壕はL字形に掘られ、上部と下部に分かれていた。下部は軍人や教師の、上部は勤皇隊員たちの寝起きの場所として使われていた。上部には見張り台もあり、そこから瀬長島《せながじま》を眺めることができた。

幸甚は上部に上がり、同級生の牧志《まきし》を捕まえた。

「なにかあったのか?」

「篠原中尉のところに司令部からの命令が来たんだ。首里に戻れって」

「嘘《うそ》だろう」

幸甚は生唾を飲みこんだ。地獄の様相を呈していた首里の様子が脳裏に浮かぶ。三年間を過ごした学舎は砲撃に吹き飛ばされ、森もなにもかもが焼け、地形すら一変した。記憶と現状の違いに脳が混乱するほどだ。米軍の砲撃、銃撃は無慈悲で無情で、なにより圧倒的だった。進軍を阻むものすべてに——建造物だろうが自然の要害だろうが人間だろうが砲弾や銃弾を雨あられのように撃ちまくり破壊する。

あそこへ戻れというのは死ねというのと同じことだった。

「篠原中尉は首里に戻ることはできかねるって。それを司令部に伝えなきゃならなくて、伝令を募ってるんだ」

　それで壕の中がざわついていたのだ。

「おまえたちもなにかあったのか？　服に血がついてるぞ」

「グラマンの銃撃。聞こえなかった？」

「聞こえたよ。だれかやられたのか？」

「四年生の比嘉さん。腕を吹き飛ばされた。五年生たちが医者のいる壕に運んでいってるんだ」

「ついこの前までは小鳥が囀《さえず》ってたのにな。今じゃ、銃撃と砲弾の音ばっかりだ。ここがこんな状態じゃ、首里なんてどうなってることやら」

　牧志は腕を組み、口を閉じた。

「おい」

　野卑な声がした。階段のところから痩軀《そうく》の兵隊が顔を覗《のぞ》かせていた。藤田《ふじた》伍長《ごちょう》だった。目尻の吊《つ》りあがった細面は意地の悪いキツネを思わせた。

「金城はどこだ？」

　幸甚は直立し、敬礼した。

「はい、金城さんは銃撃で負傷した四年生を医者のいる壕に運んでいる最中です」

「負傷だと?」

藤田伍長が階段をのぼり、近づいてきた。

「はい。グラマンの銃撃で腕を吹き飛ばされたんです」

「馬鹿者」

拳骨《げんこつ》が飛んできた。頬をしたたかに殴られ、幸甚は真後ろに倒れた。頭の中が真っ白になり、やがて激烈な痛みが襲いかかってくる。

「たるんでるからグラマンなんかにやられるんだ。いやしくも日本国民ならグラマンに見つかるような屈辱を受けるな。それぐらいなら死ね」

襟を摑《つか》まれ、引き起こされ、また殴られた。何度も何度も殴られた。痛みが風船のように膨らんでいき、弾《はじ》けた。

きっと藤田伍長は首里に戻る伝令を命じられたのだ。それでだれかに八つ当たりしたかったんだ——唐突にそんなことを思い、幸甚はその直後、気を失った。

＊　　＊　　＊

ひそひそと囁きあう声に目が覚めた。起き上がろうとして苦痛に呻《うめ》く。

「まだ寝てろよ、幸甚」

暗がりの奥でだれかの声がした。すぐ横で自分のものではない苦しげな呼吸が聞こえる。幸甚は痛む頬を押さえた。口の中を異物が転がった。吐き出す。折れた歯だった。理不尽な暴力に対する怒りが腹の奥で燃え上がったが、すべては後の祭りだった。折れた歯は戻らない。

隣にだれかが寝ている。苦しげな息はその人のものだった。幸甚は目を凝らした。五年生の金城だった。目の周りと左の頬にどす黒い痣《あざ》ができている。唇の端には固まった血がこびりついていた。

金城は熱を孕んでぎらつく目で壕の天井を睨《にら》んでいた。

「どうしたんですか、金城さん?」

幸甚の問いかけは無視された。金城はぎらついた目を幸甚に向けることすらしなかった。

「こっちに来いよ、幸甚。金城さんは少し休ませてやらないと」

同級生の安里英一《あさとえいいち》がやって来て幸甚の手を取った。

「腹は減ってないか? 芋がゆだけど、少しなら残ってる」

芋がゆと聞いた途端、空腹が痛みを押しのけた。ここ数日続いていた下痢も治まりつつあった。

「もしかして、金城さんも伍長に殴られたのかい？」

「比嘉さんが死んだんだ」

「え？」

「金城さんが必死で運んだんだけど、医者が診る前に死んだって」

「そうだったのか……」

「で、比嘉さんが死んだのは五年生の金城さんがたるんでたからだって」

「あのクソ伍長め。でも、あいつは伝令で首里に行くはずだったんじゃないのか？」

「なんだよ、それ。伝令隊ならとっくに出発したぜ」

壕の隅に座らされた。安里はちょっと待っていろと言ってどこかへ消えた。壕の中は勤皇隊員たちの囁きが飛び交っていた。どの声も低く、重い。

首里を出たときの隊員の数は十八人だった。それが今では十四人に減っている。ある者は銃弾に倒れ、またある者は砲弾に吹き飛ばされた。戦争が終わるまで何人が生き延びられるのだろう。沖縄守備軍と共に勝利の雄叫《おたけ》びをあげられる者はどれだけいるのだろう。

いや――幸甚は首を振った。あの米軍に本当に勝てるのだろうか。あの圧倒的な火力を前に敗走する守備軍の姿を見た後では、皇軍が負けるはずはないという信念が揺らいでいく。

安里が器を持って戻って来た。

「ほら。食えよ」

「ありがとう」

幸甚は器を受け取った。小さな芋のかたまりが二、三個浮いている。汁はほとんど味がしない。それでもなにもないよりはましだった。

「握り飯があったんだけどさ、兵隊たちがみんな食べてしまったんだ」

安里は悔しさの滲《にじ》む声でそう言った。幸甚は芋がゆを胃に流し込み、味のない汁も最後の一滴まで飲み干した。

「ごちそうさま」

食べ終えた容器を片付けようと腰を浮かせると安里に制された。

「殴られたところがまだ痛むだろう。休んでろよ。雑用はぼくがするから」

「ありがとう」

安里が階下に消えていく。幸甚はズボンのポケットに手を入れた。首里を出るときに隠し持ってきたキャラメルがまだ残っている。素速く包み紙をはがし、だれにも気づかれないよう口に放り込んだ。

2

戦火にあっては暦も忘れがちになる。五月二十一日から降り出した雨はいつやむとも知れなかった。梅雨《つゆ》に入ったのだ。降り出してから五日が経《た》つが雨がやむ気配はなかった。

降り続く雨に地面は泥土と化し、米軍の前進を阻んでいるらしい。軍用トラックどころかキャタピラで動く戦車ですら泥土にはまり、そのたびに米兵が総掛かりで引きずり出しているらしい。激しい雨はグラマン機の銃撃さえやめさせてしまった。

鉄血勤皇隊も外に出ることもままならず、湿った壕の中で鬱屈《うっくつ》を持て余していた。

「全員集合！　全員集合！」

突如、上野《うえの》一等兵の怒声が響き渡った。隊員たちは一斉に跳ね起き、一列に整列して階下に向かった。篠原中尉を中央に、兵士と教員が並列していた。

「この雨も天気予報によれば明日には上がるらしい」

篠原中尉が口を開いた。集まっている全員が固唾《かたず》を飲んで中尉の言葉に聞き入っている。

「我らが所属する第五砲兵司令部は明日の夜、南部へ向けて転進することが決まった。もちろん、諸君ら鉄血勤皇隊もだ」

ざわめきが起こった。雨のせいで砲弾も銃撃もなく、みなしばらくは保栄茂《びん》にとどまると思っていたのだ。

藤田伍長が苛立《いらだ》たしげに踵《かかと》を鳴らし、隊員たちを睨んだ。ざわめきがやんだ。

「これから転進の準備をはじめる。三年生は教師や四、五年生の指示に従え。解散」

幸甚は敬礼した。そのまま他の隊員と一緒に回れ右をして階段を駆けのぼる。兵隊たち、とりわけ藤田伍長の視界から外れると隊員たちは口々に喋《しやべ》りだした。

「南部ってどこへ行くんだ？」

「さあ」

「戦線はどうなってるんだ？」

「喋ってばっかりいないで、荷物をまとめろ」

金城の一喝で隊員たちは話すのをやめた。

「金城、真栄原。ちょっと来い」

上野一等兵が階上に上がってきた。

「なんでしょうか」

金城が敬礼する。幸甚もそれにならった。

「篠原中尉がお呼びだ。急げ」

幸甚は金城と共に一等兵について階段を降りた。階下の奥まったところが篠原中尉の個室として使われていた。個室といっても扉があるわけではない。岩盤を削ってできた空間だ。

「鉄血勤皇隊員、金城と真栄原、失礼いたします」

金城と幸甚は背筋を伸ばして敬礼し、中に入った。篠原中尉と一中教師の桃原《とうばる》先生が話し込んでいた。

「おお、金城に真栄原か。よく来た。休め」

「真栄原、下痢はどうだ？」

桃原先生が訊《き》いてきた。

「はい。ご心配をお掛けしましたが、もう大丈夫です」

「ならいい」

金城と幸甚は中尉の前に立った。金城は堂々としていたが、幸甚は緊張を隠せなかった。色白で優しい笑顔を絶えず浮かべている篠原中尉は勤皇隊員たちの憧れの士官だった。

「その顔はどうした?」

ふたりの顔の痣《あざ》を見て篠原中尉の表情が歪《ゆが》んだ。

「なんでもありません」

金城が言った。顔にはなんの感情も浮かんでいなかった。

「また藤田か?」

金城も幸甚も口をきつく結んだ。

「困ったやつだ」中尉は苦々しげに吐き捨てた。「おれからもやつにはきつく言っておく。なにか理不尽なことをされたら報告しろ」

幸甚は口を開きかけた。だが金城は黙ったままだった。仕方なく、幸甚は再び口を閉じた。中尉が溜息《ためいき》を漏らした。

「金城は喜屋武《きやん》の、真栄原は糸満《いとまん》の出身だったな?」

「はい」

金城が答えた。

「南部の地理には詳しいな?」

「故郷の近辺なら」

「自分もです」

「君らふたりは先遣隊に配属される。道案内を頼みたいんだ。桃原先生も一緒だから安心しろ」

　桃原先生も幸甚と同じ糸満の出身だった。

「先生、よろしくお願いします」

　中尉は桃原先生に頭を下げた。

「やめてください、中尉殿」

「本来なら、戦争に彼らを動員するなどあってはならないことです。それなのに、こんな目に遭わせてしまい、帝国軍人としては忸怩《じくじ》たる思いです」

「自分たちは幸せです」金城が叫んだ。「天皇陛下の臣民として敵と戦えるんです。本当に幸せです」

「そうか」

　中尉が微笑《ほほえ》んだ。いつものように優しくて、しかし、どこか悲しげな笑みだった。

「真栄原はどうだ。怖くないのか。両親のもとに帰りたくはないか」

「ぼくも幸せです」

幸甚は震える声を張り上げた。

「陛下もおまえたちを誇りに思うだろう」

中尉が言った。金城と幸甚は敬礼をした。

中尉を見つめる金城の目は相変わらずぎらぎらと輝いている。それに比べて自分はどうだろう――幸甚は自問した。幸せだなどと思ったことはない。米軍の攻撃が始まってからは、一瞬一瞬が恐怖との戦いだった。死にたくない。傷つきたくない。家へ帰りたい。教師や軍人たちに叩《たた》き込まれた皇民としての誇りなど、霧散してしまった。

金城は本当に幸せだと思っているのだろうか。どうしてそんなことを思えるのだろう。五年生だからだろうか。自分はまだ三年生だから恐怖に打ち克《か》つことができないのだろうか。

金城の横顔からはなにも読み取れなかった。

＊　＊　＊

「行くぞ」

先遣隊を率いる村山《むらやま》中尉が低い声で言った。それを合図に、入口で待機していた兵隊たちが壕を出た。それを待っていたかのように、数十メートル先に砲弾が立て続けに落ちてきた。兵隊たちが地面に伏せ、匍匐《ほふく》前進をしながら壕に戻って来た。凄《すさ》まじい轟音《ごうおん》に錐《きり》を突き立てられたかのように耳の奥が痛んだ。

「おのれっ」

村山中尉が歯を剝《む》いた。

「砲撃はやんだぞ。怯《ひる》むな。行け、行くんだ」

中尉の声に叱咤《しった》され、兵隊たちは再び壕を出る。しかし、数メートルも進まないうちに再び砲弾が落ちてきた。土砂が舞い、砂埃《すなぼこり》が夜の闇をさらに深めていく。

「中尉、これでは壕を出ることもままなりません」

豪雨が続いた間はなりを潜めていた米軍の砲撃だったが、今では雨のように砲弾が降り注いでくる。雨がやむのを待っていたのは守備軍だけではなかったのだ。

「なんとしてでもここを出る。みんな、死ぬ気でかかれ」

一瞬、暗闇に村山中尉の顔が浮かび上がった。血走った目が兵士たちを睨んでいる。壕を出て行けば砲弾に命を奪われるかもしれない。だが、壕にとどまっても中尉に殺される。恐怖に歪んでいた兵士たちの顔が引き締まっていく。

砲撃がやんだ。

「今だ」

だれかが叫び、兵士たちが一斉に走り出した。

「幸甚、おれたちも行くぞ」

金城に背中を押され、幸甚はたたらを踏んだ。理性は行けと叫んでいるが脚が動かない。

「幸甚」

振り返った金城に頰を撲《ぶ》たれた。容赦のない打擲《ちょうちゃく》に呪縛が解けた。行李《こうり》を背負い直し、幸甚は一気に外に出た。空に浮かんだ満月がきび畑の中を一列になって進んでいる兵士たちを照らしていた。

「明るすぎる」

だれかが言った。その言葉を聞き流し、幸甚は脚を進めた。すぐ後ろで金城の息遣いが聞こえる。金城が背中を守ってくれると思うと少しだけ恐怖が和らいだ。

砲撃がやんだきび畑は不思議な静寂に包まれていた。砲撃がきびをすべて薙ぎ払い、いつもならやかましく鳴いている虫もいない。聞こえるのは足音と息遣いだけ。痛いほどの緊張感が幸甚をとらえて離さない。

無言の隊列がきび畑を進む。砲弾が穿《うが》った穴が巨大な髑髏《どくろ》の眼窩《がんか》のようだった。

「急げ、急げ」

前方から後方から、隊列を急《せ》かす声がした。砲撃がやんでいる間にきび畑を突破しなければならないのだ。

突然の甲高い音が静寂を破った。音は尾を引きながらこちらに向かってくる。

「砲弾だ。散れ。伏せろ」

だれかの叫びが終わる前に強い力で腕を引っ張られた。金城だった。

「走れ、幸甚。走るんだ！」

幸甚は金城と共に走り出した。次の刹那《せつな》、背後で爆発が起こった。背中に熱を感じ、続いて轟音が耳をつんざき、爆風が幸甚の身体をさらった。身体を丸めながら土の上を転がった。砲弾が立て続けに落ち、爆音の合間に無数の悲鳴があがった。

重い音を立ててなにかが幸甚のそばに転がってきた。千切れた脚だった。脚絆《きやはん》を巻いた脚が血をまき散らしている。

「うわあっ」

幸甚は飛び退《すさ》った。

「幸甚、行くぞ」

失われかけていた理性を再び金城が引き留めてくれた。

「行くってどこへ？」

「ここにいても死ぬだけだ。行き先なんてどこでもいい。とにかく走るんだ。絶対に立ち止まるな。いいな」

「はい」

金城の後を追って駆けた。他の兵士たちも散り散りになってきび畑から遠ざかろうとしていた。幸甚たちの右前方を走っていた兵士たちのかたまりのど真ん中に砲弾が落ちた。兵士たちは土砂と共に吹き飛ばされた。肉塊と血が飛び散り、身体を引き裂かれた、あるいは手足を失った者たちが宙を舞っている。

「見るな。足もとだけ見て走れ」

金城が叱咤する。その声だけが頼りだった。金城だけが頼りだった。走れ、走れ、走れ。死にたくなかったら走り続けろ。

息が上がる。肺が燃え上がる。ふくらはぎの筋肉が痙攣《けいれん》する。

それでも走り続けた。恐怖が背中を押し続けていた。

なにかにぶつかって転んだ。金城の背中だった。金城は走るのをやめていた。

「金城さん、逃げなきゃ」

金城が振り返った。

「ここまで来たらもう大丈夫だ。周りを見てみろよ、幸甚」

幸甚は荒い呼吸を繰り返しながら左右に視線を走らせた。あれほど眩《まぶ》しかった満月が見えない。金城と幸甚はこぢんまりとした林の中にいた。きび畑ではまだ砲撃が続いている。

幸甚は地面に手をついた。立ち上がろうとしたが、途中で腰が崩れた。足腰に力が入らない。

「無理するな」金城が言った。「少し休め。目的地まではまだ遠いからな」

金城は木々の間からきび畑の方向を見つめていた。その目は相変わらずぎらぎらと輝いていた。

3

西の空が白みはじめていた。隊列は長く伸び、兵士たちの足取りは幽鬼のそれのようだった。だが、休もうとするものはだれもいない。夜の闇が米軍の視界を奪っているうちに少しでも距離を稼がなければならないのだ。

空腹だった。喉も渇いている。長い間下痢が続いていたため体力も落ちている。足を踏み出すたびに、膝から下が力なく震えた。

それでも幸甚は歩き続けた。金城の背中をじっと見据え、ひたすら歩いた。桃原先生の姿はどこにもなかった。あの砂糖きび畑の砲撃で死んでしまったのかもしれない。

隊列の先頭の方から若い兵士が駆けてきた。

「鉄血勤皇隊員はいるか？」

「はい。ここにおります」

金城が足を止め、敬礼する。幸甚はただ頭《こうべ》を垂れた。

「この先に十字路がある。どっちへ進めばいい？」

「真っ直《ま》ぐ《す》です。とにかく南へ」

「もうすぐ夜が明ける。このまま前進して、隠れるところを見つけることはできるか？」

「夜まで隠れているということですか？」

兵士が首を振った。

「とりあえず様子を見る。進軍できるようならするし、だめなら時機を待つことになるだろうな」

「それでは十字路を右に曲がってください。しばらく行くと、大きな壕があります。そこなら隊員全員が隠れられます」

「おまえたちもついてこい。先頭を歩くんだ。その壕を見つけられるのはおまえたちだけだからな」

「わかりました」

金城は再び敬礼し、兵士と共に駆けていく。幸甚はのろのろとその後を追った。

時々、足がなにかにつまずいたが、決して視線を落とそうとはしなかった。障害物は死体なのだ。いたるところに死体が転がっている。満月が無数の死体を照らしている。

兵士の死体ならまだいい。だが死体の多くは民間人だった。やせ細った老婆、乳飲み子を抱いた母親、年端もいかない幼い兄弟。飢えのため、病気のため、あるいは砲弾や銃弾に身体を引き裂かれ、無残に死んでいったうちなーんちゅ。そんな死体をまともに見ることはできなかった。

金城と共に隊列の先頭に立った。十字路に近づくに連れてつまずく回数が増えていく。十字路は交通の要衝であるため、米軍の集中砲火にたびたび晒《さら》されるのだ。地元の人間が「魔の十字路」と呼んでいると聞いたことがあった。死体が増えるのと同時に悪臭も凄まじくなっていく。弔われることもない死体が腐っているのだ。幸甚は手で鼻を覆った。それでも、ありとあらゆる隙間から腐臭が容赦なく入り込んでくる。突然、胃が痙攣した。胃液が食道を逆流してきて喉を灼《や》く。幸甚は吐いた。歩きながら吐き続けた。

「大丈夫か、幸甚」

金城の手が背中をさする。幸甚の嘔吐《おうと》が合図だったとでもいうように、隊列の後方から兵士たちの嘔吐する音が次々に聞こえてきた。幸甚を気遣う金城の顔も蒼白《そうはく》だった。

「ぼくは大丈夫です」

胃液で濡《ぬ》れた唇を拭いながら幸甚は言った。言葉を発するたびに喉と鼻の奥が痛む。だが、痛みを感じている間は腐臭を忘れることができた。

「もう少しの辛抱だからな」

「わかってます」

嘔吐の音を道連れに進軍は続いた。やがて十字路に差しかかった。

「本当に右に曲がるのでいいのだな？」

さっきの兵士が声をかけてくる。

「はい。この先の壕にしばらく隠れて、大丈夫なようだったらまた戻って来て南へ向かいます」

「よし、わかった。おい、隊列の後方にいる連中を誘導しろ」

兵士が別の兵士に命じた。金城と幸甚は十字路を右に折れた。その先にも死体が転がっている。幸甚は強く唇を噛《か》み、吐き気に耐えた。金城の言うとおりだ。もう少し辛抱すればいい。そうすれば、神経が麻痺《まひ》していく。はじめて間近に砲弾が落ちたときに心臓が止まるような恐怖にとらわれたが、それにも慣れたように、腐臭にも慣れるときが必ずやってくる。

しばらく歩くと金城が足を止めた。目をすがめ、左右に視線を走らせる。

「あそこだ」

道の左側は丘になっていた。金城が指さしたのは丘の中腹だった。

「あの辺りに壕の入口があるはずです」

「様子を見てこい」

だれかが太い声で命令を発した。兵士がふたり、丘を登りはじめた。幸甚は背負っていた荷物を足もとに置いた。紐《ひも》が食い込んでいた肩が悲鳴を上げている。西の空はさらに明るくなり、黄色がかった白が濃紺の空を押しのけようとしていた。兵士たちが壕の入口に辿《たど》り着いた。ひとりが外で見張りに立ち、もうひとりが中に入る。叫び声のような音がして、見張りの兵が壕の入口に銃を向けた。

「しずまれ」

重くて低い声が響き渡った。金城が身を伏せた。幸甚もそれにならった。どこかでだれかが銃に弾を込めている。

壕から兵隊が出てきた。見張りの兵隊に耳打ちする。見張りの兵隊が丘を下ってきた。

「壕は民間人が使っています。この辺りの住民のようですが」

「壕の広さは？」

兵隊に応じたのは村山中尉だった。

「我々全員が入るには狭すぎます」

「この辺りに他に壕は？」

村山中尉は横柄な口調で金城に訊いた。

「他には知りません」

「しょうがないな。民間人を追い出せ」

「は」

兵隊は敬礼し、他の兵士たちを連れて再び丘を登っていく。

「そんな、民間人を追い出すなんて……」

幸甚は呟いた。

「なんだと？」

どこかから咎《とが》める声がして幸甚は首をすくめた。

「今言ったのはだれだ？　名乗り出ろ」

叫んでいるのは村山中尉の傍らにいた下士官だった。満月に照らされる闇の中で目をぎらつかせ、兵士たちの顔を睨《ね》めつけている。

「早く名乗りでんか」

幸甚は目を閉じ、唇を舐《な》めた。口をつぐんでいたとしてもばれてしまうかもしれない。そうなれば足腰が立たなくなるまで叩きのめされる。名乗り出れば、拳骨を一発か二発食うだけで済むのだ。息を吸い、声を発しようとした瞬間、隣で金城が叫んだ。

「自分であります」

「なんだと？　まだガキじゃないか。ガキの分際で中尉殿の命令に難癖をつけたのか」

「民間人を守るべき軍が、どうして民間人を追い出すのですか」

「黙れ」

下士官の鉄拳が金城の顎を打ち抜いた。金城は膝から崩れ落ちた。

「金城さん」

幸甚は金城の身体を支えた。どこかが切れたのか、金城の口から血が溢れてくる。

「立て。腐った根性を叩き直してやる」

下士官が金城の襟を掴み、無理矢理引き起こした。金城は静かな目で下士官を見つめている。

「なんだ、その目は」

下士官が拳を振りかぶった。

「やめんか」

村山中尉の声が飛んできた。

「その子らはまだ若いのに我が軍のために身を挺《てい》して働いているんだぞ」

「は。も、申し訳ありません」

「おまえは下がれ」

下士官は敬礼し、闇の向こうに姿を消した。村山中尉が軍服のポケットからハンカチを取りだし、金城に渡した。夜目にも鮮やかな真っ白なハンカチだった。

「血を拭け」

「はい」

金城はハンカチで口を拭った。真っ白だったハンカチが見る間に鮮血に染まっていく。

「我々に余力があるなら――」村山中尉は煙草《たばこ》をくわえマッチで火をつけた。「当然、君の言うように民間人の安全と生命を優先させる。しかし、今は非常事態なのだ」

村山中尉は煙を吐き出し、金城を見据えた。金城は答えなかった。ぴくりとも動かなかった。

「今は何よりも軍令を優先させなければならない。米軍がどれだけこの地を蹂躙《じゅうりん》しようとも、軍が残っていれば負けたことにはならない。いや、時機を見て反撃に移ることもできる。しかし、それもこれも軍があってこそだ」

幸甚は俯《うつむ》いた。米軍のあの圧倒的な火力を目の当たりにした今では、将校の言葉はただの逃げ口上にしか聞こえなかった。天下に敵なしの皇軍の姿は幻影に過ぎなかったのだ。

なぜ教師たちは嘘を教えたのだろう。なぜ自分たち生徒はそんな嘘を鵜呑《うの》みにしてしまったのだろう。

幸甚の夢は帝国陸軍の将校になることだった。お国のため、天皇陛下のため、身を挺して鬼畜米英と戦い、大日本帝国を勝利へと導く。

本気でそう思っていたし、鬼畜米英など皇軍の敵ではないと信じていた。

すべては嘘。すべてはでたらめだったのだ。

「だから、あの壕から民間人を追い出すんですか?」

金城が口を開いた。

「残念ながら、そういうことだ」

「自分があの壕に案内したんです。あそこに隠れていた人たちは、自分のせいで追い出されるんです」

金城の目が潤んでいた。幸甚は見てはいけないものを見たような気がして目を逸《そ》らした。級友が死んだときでも、金城の涙を見た記憶はない。その金城が泣いている。

「おまえの気持ちはわかる。だが、今は堪《こら》えろ。生き残ることだけを考えるんだ。

時機をうかがい、反撃し、敵を叩き潰す。おまえにできる贖罪《しょくざい》はそれだ。わかるな?」

金城はまた口を閉じた。細い顎先が細かく震えていた。

丘の中腹が騒がしくなった。兵士たちに追い立てられて、隠れていた人々が壕から出てくる。老人と女性、それに子供たちばかりだった。働き盛りの男たちが根こそぎ軍務に駆り出されているからだ。

「どこへ行けって言うんだい」

老婆が兵士のひとりに摑みかかっていった。しゃべっているのは沖縄方言だ。やまとから来た兵隊には通じない。

「人のねぐらを奪って、あんたたち、それでも人間かい」

苛立った兵士が老婆を突き倒した。老婆は兵士の脚にしがみついた。

「離せ、婆《ばば》ぁ!」

兵士が小銃の台尻を老婆の頭に叩きつけた。

「あ!」

幸甚は叫んだ。拳を握る。老婆は丘を転げ落ちてくる。金城が走り出した。幸甚もその後を追った。

「大丈夫ですか、お婆さん」

道の脇まで転げ落ちてきた老婆を金城が抱きかかえた。老婆の顔は血で赤く染まっていた。身体はやせ細り、着物から突き出た手足は枯れ枝のようだった。

「どうして?」

老婆は金城にしがみつき、沖縄方言を口にした。

「どうして? どうして? どうして?」

同じ言葉を繰り返し、老婆は赤ん坊のように泣きはじめた。

4

「トンボだ。トンボが来たぞ」

隊列の前方で叫び声が起こった。途端に隊列は崩れる。だれもが散り散りになり、道の左右の茂みに飛び込んでいく。

トンボというのは米軍の小型偵察機のことだった。トンボに見つかれば、その数分後にはグラマン機がやってくる。真っ昼間にトンボに発見されるのは死を意味していた。

先遣隊の隊列が忽然《こつぜん》と姿を消した道の真ん中に、年若い兵士がひとり、ぽつんと立っていた。顔は泥だらけで目は虚《うつ》ろだった。空を見上げながら子守歌かなにかを口ずさんでいた。

「頭のおかしくなったやつだ」

金城が言った。砲撃や銃撃に絶え間なくさらされ、友軍や民間人の死を目の当たりにしつづけ、恐怖に理性を食い破られた兵士だ。だれかれかまわず食料をねだり、下士官に殴られては泣き喚《わめ》き、しかしそれでも隊列を離れずにここまでついてきた。

「だれか、あいつをなんとかしろ。我々まで発見されるぞ」

野太い声が響いた。昨日、金城を殴った下士官の声だ。

道の右側の茂みからふたりの兵士が飛び出てきた。頭のおかしくなった兵士を挟み込み、道の脇に引き倒した。その真上をトンボが通過していく。

「見つかった」

幸甚は呟いた。

「行くぞ、幸甚」

金城に手を引っ張られた。

「でも……」

幸甚はかぶりを振った。他の兵士たちは息を潜めたままだ。村山中尉の命令がないかぎりその場を動くことはゆるされない。

「ぐずぐずしてるとグラマンが来るぞ」

グラマンという言葉に身体が反応した。上空から銃撃されたときの恐怖が身体に染みついているからだ。

匍匐《ほふく》前進をしながら道から遠ざかる。決して頭をあげてはならない。決して見つかってはならない。泥が口の中に入ってくるがかまってはいられなかった。金城に遅れまいと必死で腕を動かした。

北の方から重いエンジン音が近づいてきた。グラマンだ。それも聞こえるエンジン音はふたつ。

「来るぞ、幸甚」

金城が叫び、頭を抱えた。幸甚もそれにならった。次の瞬間、雷のような音が鳴り響いた。グラマンの銃撃がはじまったのだ。

幸甚は振り返った。二機のグラマンが道の左右に銃弾を撃ち込んでいる。やはりトンボに見つかったのだ。トンボは道の左右に日本兵が隠れているとグラマンに報告したに違いない。

容赦なく叩き込まれる銃弾に茂みの葉や枝が舞った。時に血しぶきが舞い、もげた手足が宙に飛ぶ。銃弾を免れた兵士たちが我先にと幸甚たちの方へ逃げてきた。

「走れ、幸甚」

金城が叫んだ。幸甚は跳ね起きた。

グラマンは間違いなく逃げ惑う兵士たちを狙い撃ちにする。兵士たちから離れなければ巻き添えを食うのは必至だった。

もう何度こうしただろう。銃撃、砲撃から逃げるために肺が灼けてもなお走り続ける。すべては運任せだ。運がよければ逃げ切れる。運が悪ければ銃弾に身体を撃ち抜かれる。

銃撃音が近づいてくる。兵士たちの悲鳴があちこちであがる。幸甚は振り返りたいという衝動と必死に戦った。後ろを見ている余裕はない。前を見て体力が続くかぎり走るのだ。

肺が爆発しそうだ。心臓が破裂してしまいそうだ。脚の筋肉が千切れてしまいそうだ。

それでも走った。走るのをやめなかった。もう、グラマンのエンジン音も、銃撃音も聞こえない。聞こえるのは自分の足が地面を蹴る音と忙《せわ》しない呼吸音だけだ。目の前を走っていた金城が突然、転んだ。幸甚はその上に覆い被《かぶ》さった。金城には何度も助けられている。今度は自分が助ける番だ。

「なにをしている、幸甚」

身体の下で金城がもがいた。

「じっとしててください、金城さん」

「おまえまで撃たれてしまうだろう」

五年生と三年生の体力差は圧倒的だった。幸甚は跳ね飛ばされ、逆に金城が幸甚に覆い被さってくる。銃撃音はすぐそこまで近づいていた。銃弾が地面を穿《うが》つ衝撃が身体に伝わってくる。

不意に音が遠ざかる。グラマンが旋回していた。こちらに向かって逃げていたはずの兵士たちが道に向かって走っていた。銃弾をかいくぐった者たちがグラマンから遠ざかろうとしているのだ。

無駄な足掻《あが》きだった。どれだけ速く走ろうが、人間は戦闘機にはかなわない。グラマンは機体を降下させながら兵士たちに襲いかかっていく。

雷鳴のような銃撃音が轟《とどろ》く。銃弾が兵士たちを薙ぎ倒していく。幸甚と金城はふいごのような荒い呼吸を繰り返しながらその光景に見入った。運が悪ければ、自分たちがグラマンに追い立てられていたのだ。

グラマンは情け容赦なかった。逃げ惑う兵士たちを次々に撃ち倒し、地上に動く者がないことを確認すると悠々と飛び去っていった。

＊　＊　＊

生き残っていたのは五人の兵士だけだった。村山中尉もあの下士官も銃弾に薙ぎ倒されていた。兵士たちの死体にはすでに無数の蠅《はえ》がたかりはじめている。

グラマンが去った後の空は不気味な静けさを湛《たた》えていた。雲がゆっくりと流れ、隙間から覗ける空が眩《まばゆ》いほどに青い。恐怖や哀《かな》しみ、怒りといった感情は麻痺しているのに青い空は美しいと感じられるのが不思議だった。

五人の兵士たちは一カ所に集まりなにごとかを話し合っていた。金城はとある兵士の死体をひっくり返していた。

「なにをしてるんですか？」

「食べるものを探してるんだ。おまえも探せよ、幸甚。死体が食い物を持ってたってしょうがないだろう」

「でも……」

「いいから探せ」

強い口調で言われ、幸甚は渋々従った。近くに転がっている兵士の軍服のポケットを探り、背嚢《はいのう》をあらためる。食べ物は見つからなかったが、空の缶詰に煙草を詰めたものを見つけた。それから、マッチ箱が三つ。

「金城さん、煙草なんていりますか？」

「金の代わりになる。取っておけ」

煙草はずいぶん前に配給制になっていたが、最近ではその配給でさえ滞っていた。煙草がほしくてたまらない兵士たちは、なけなしの食料と引き替えてでも煙草を手に入れようとする。幸甚は自分が背負っていた行李《こうり》に煙草とマッチを押し込んだ。

死体からものを盗《と》るという行為に躊躇《ためら》いはあったが、煙草とマッチという獲物を発見してからは箍《たが》が外れたようになった。これは宝探しだ。死体のどこかに宝が隠されている。

幸甚は手当たり次第に死体を漁《あさ》りはじめた。ある死体からはナイフを見つけ、別の死体からは小型の英語辞書を見つけた。そんな物を持ち歩いていることが知れたら軍法会議にかけられる。それでも辞書の持ち主は手放せなかったのだろう。まだ顔にあどけなさの残る若い兵士だった。

「食い物はあったか？」

金城が調べていた死体を乱暴に押しやった。幸甚は首を振った。

「金城さんは？」

「これだけだな」

金城は麻袋を掲げた。幸甚は駆け寄った。袋の中には米が入っていた。

「お米じゃないですか」

「いざというときのために取っておこうな。兵隊にばれたら取り上げられる」

「はい」

金城は行李をおろすために腰を曲げた。幸甚は目を剝いた。金城の腰に拳銃がさしてあったのだ。

「金城さん……」

「おまえも、だれかの一丁、もらってこい。これがあれば、いざというときに身を守ることができる」

「でも……」

幸甚は兵士たちのいる方に視線を向けた。兵士たちはまだ話し込んでいる。

「さっきみたいな状況になったら、だれもおれたちを守ってくれない。自分で自分を守るしかないんだ。わかるだろう、幸甚。それでだれかを撃てと言ってるわけじゃない。万一のときのために持っていた方がいい」

「わかりました」

幸甚は死体から拳銃を取った。一通りの使い方は軍事教練で習っている。弾倉に弾《たま》が込められていることを確認し、安全装置をかけて行李の底に押し込んだ。

「おい、学徒兵」

兵士のひとりが幸甚たちを呼んだ。行李を背負い直し、金城と共に駆けた。肌の浅黒い兵士が他の四人の兵士を従えていた。

「自分は小嶋《こじま》伍長だ。生き残った者を率いて南へ向かう。道案内を頼めるな？」

「はい。任せてください」

金城が答えた。小嶋伍長は目を細め、うなずいた。無精髭《ぶしょうひげ》に覆われた顔には疲労の色が濃い。

「どちらへ向かわれるのですか？」

「摩文仁《まぶに》というところだと聞いている」

摩文仁とは糸満の南東にある、海に面した地域だった。

「そんな南まで転進するのですか？」

せいぜい糸満あたりまで南下して、そこで態勢を立て直すのかと思っていた。摩文仁まで下がってしまえばその後ろはもう海だ。逃げ場がない。

「軍司令部がそう決めたらしい。おれたち下っ端の兵隊は命令に従うしかない。摩文仁までの道はわかるか？」

「はい」

幸甚と金城は同時にうなずいた。

「おまえたちだけが頼りだ。なるべく敵に発見されにくい行程を考えてくれ」

「小嶋伍長、後から来る本隊は大丈夫でしょうか？」

「おれに訊くな。おれはただの伍長だぞ。生き残った者の中で階級が一番上だから仕方なくみんなをまとめているだけだ」

同級生たちの顔が脳裏をよぎっていった。幸甚は金城と一緒だったからこそこうして生き延びている。だが、保栄茂《びん》に残った勤皇隊員の中に金城はいない。金城は五年生の中でもずば抜けた知能と行動力の持ち主なのだ。

「余計なことは考えるな、幸甚」

金城に脇腹をつつかれた。頭の中を読まれているような気がして、幸甚はうなだれた。

「ああ、そうだ。どこかで食料も調達しなくては。おまえたち、なにか食べる物を持っているか？」

金城がいち早く首を振った。

「では、まず武富《たけとみ》という集落を目指しましょう。自分の親戚がそこで作物を育てています。まだ避難していなければ、なにか食べさせてくれるはずです」

「そうか、親類がいるのか」

小嶋伍長と兵士たちの顔が輝いた。昨夜、壕を出てからなにも口にしていない。

「よし、学徒兵を先頭にして出発だ。いいか、このふたりになにかあったら飯にありつけないぞ。みんなで守るんだ」

小嶋伍長が声を張り上げ、七人の進軍がはじまった。

＊　＊　＊

武富の集落は別天地のようだった。砲撃の音は遥か彼方《かなた》に遠ざかり、代わりに鳥のさえずりが聞こえた。戦争など昨日見た悪夢だと言わんばかりの景色が広がっている。

金城の親類は見あたらなかった。集落のほとんど全員が戦線の南下をおそれて避難してしまっているようだった。

兵士たちは金城の親類の家で軍装を解き、庭にあった井戸の水を汲《く》んで身体を洗いはじめた。

「金城君、真栄原君」

小嶋伍長に呼ばれ、幸甚たちは駆けた。

「金城君と今後の行軍について相談したい。真栄原君は佐々木《ささき》二等兵と一緒に食料を調達してきてくれないか」

小嶋伍長はすぐ脇に立っていた若い兵士に顎をしゃくった。佐々木二等兵は若いというより幼く見えた。金城とひとつかふたつしか違わないのではないか。金城の方が遥かに逞《たくま》しく、大人に見える。

「わかりました」

幸甚は小嶋伍長に敬礼し、佐々木二等兵と肩を並べた。

「行きましょう」

「い、行くってどこへ？」

「食料調達です」

「あ、ああ。そうだったな」

　頼りない佐々木二等兵を従えて、幸甚は民家の間の路地を進んだ。民家が途切れるとその向こうは畑だった。さほど広くはないが作物はまだ残っている。

「芋がある」

　幸甚は畑に入り、土を掘り返した。採った芋は小粒なものばかりだったが食べるのに問題はない。

「佐々木二等兵、手伝ってください」

「畑仕事なんてしたことないから……」

　佐々木二等兵は落ち着きのない目を左右に走らせるばかりで畑に入ってこようとはしなかった。

「じゃあ、近隣の民家をあたって食べるものが残ってないか探してきてください」

「ああ、そうしよう」

　幸甚は首を振り、芋の収穫に戻った。畑の脇にうち捨てられた籠があったので、掘り出した芋を片っ端からそれに入れていく。夢中になって掘っているうちに腰が痛くなり、背を伸ばした。

　畑の向こうに人影があった。米粒のように小さな姿だった。向こうもこちらに気づいたらしく、人影は走り出した。三人いる。幸甚は慌てて籠を背負った。集落の人間が畑を荒らしている人間を捕まえに来たのかと思ったのだ。

「おーい、幸甚。真栄原幸甚」

　自分の名を呼ばれて動きを止めた。聞き覚えのある声だった。目を細め、人影を見る。男がふたりに女がひとり。三人とも幸甚と同じような年格好だった。

「進《すすむ》か？」

　幸甚は呟いた。具志川《ぐしかわ》進。幸甚の同級生で鳥のように目のいい男だ。この距離から幸甚を判別できるとしたら進しか考えられない。進は野戦重砲第一連隊に配属されているはずだった。

　籠をおろし、幸甚は走った。進たちの姿がどんどん大きくなる。進と一緒にいるのは四年生の上原一雄《うえはらかずお》だ。一緒にいる女学生はよくわからなかった。

「どうしてここに？　本隊はどうした？」

　再会を喜ぶこともなく、進は開口一番訊いてきた。

「首里から転進することになって、ぼくたちは先遣隊として南下してきたんだ」

「ぼくたち？」

「五年生の金城さん。あとは、兵隊が五人ほど」

「ずいぶん少ない先遣隊だな」

上原が言った。幸甚は上原に顔を向けながら女学生を盗み見た。五年生だろうか。手足が細く、幸甚と同学年の女学生より胸が膨らみ、身体全体が丸みを帯びている。頬が熱くなっていくのを幸甚は自覚した。

「もっといたんですけど、グラマンの銃撃に遭って、半分以上が死にました」

女学生が口を押さえた。

「そうか……」

進と上原が唇を噛んだ。

「上原さんたちはどうしてここに？」

「おれたちも昨日、首里から転進してきたんだ。ここでしばらく落ち着けるのかと思ったんだが、米軍の侵攻が予想外に早いらしい。さらに南下する可能性もある。それで、南下が決まる前に家族の安否を確かめる許可をもらったんだ」

進はこの辺りの出身だった。上原や女学生も同じなのだろう。

「篠原中尉や校長先生は？」

進が言った。篠原中尉はすべての鉄血勤皇隊員が慕っている。富田《とみた》校長を嫌う者もいたが、その責任感の強さはだれもが認めるところだった。

「元気にしておられるよ。そっちは？　他の隊員たちも元気か？」

「ああ。まだだれも死んでない」

進はそう言ったが、表情が沈んでいった。上原も女学生も苦しそうに俯いた。

「どうしたんだよ？」

「首里のうちの連隊の陣地に傷病兵が寝泊まりしている壕があったんだ。転進を開始する前、歩けない者を連れて行くわけにはいかないからって、上官の命令でその壕に手榴弾《しゅりゅうだん》が投げ込まれた」

「そんな……仲間じゃないか」

「篠原中尉なら絶対そんな命令は下さないって、おれたちも話したんだ」

上原が言った。女学生は泣いていた。幸甚も言葉を失い、縋《すが》るような目を上原に向けた。

「転進するとき、壕からうめき声が聞こえた。まだ生きてる人間がいたんだ。助けを求めていた。それなのにだれひとり振り返らず、転進してきたんだ」

「なにが皇軍だ」

幸甚は呟いた。

「おい。滅多なこと言うなよ、幸甚」

「そうだ。兵隊に聞かれたら叩き殺されるぞ」

進と上原の顔には怯《おび》えの色が浮かんでいた。

「口が滑っただけです」

幸甚はそっぽを向いた。頬に視線を感じる。女学生が涙に濡れた目で幸甚を見つめていた。また頬が熱くなる。

「そろそろ行かないと」

上原が進を促した。

「そうですね。あまり時間はないし……幸甚、おれたちは行くけど、頑張れよ。絶対死ぬな」

「うん。そっちもな」

上原と進は肩を並べて歩き出した。女学生はその場を動かなかった。

「一緒に行かないんですか?」

気恥ずかしさを堪えながら幸甚は訊いた。

「あなた、真栄原菊江《きくえ》さんの弟よね」

女学生は五年前に死んだ姉の名を口にした。幸甚をとても可愛《かわい》がってくれた姉だったが、十一歳のときに原因不明の高熱で倒れ、入院したまま帰らぬ人になった。もともと身体が弱かったのだ。

「わたしは嘉数敏子《かかずとしこ》。菊江さんの同級生だったの。まだ君が小さいころ、何度か一緒に遊んだことがあるわ」

「そうですか……」

「菊江さんにそっくりだからすぐに思い出したわ。菊江さんの分まで長生きするのよ」

女学生——嘉数敏子はそう言うと踵《きびす》を返した。振り返ることなく進たちの後を追っていく。

幸甚はその後ろ姿をいつまでも見送った。

5

マッチで火を熾《おこ》し、芋を煮た。結局、佐々木二等兵は手ぶらで帰ってきた。食べられるものは芋だけだ。それでも兵士たちは我先にと芋を食べた。幸甚も金城も、食べられるだけ食べた。この先、いつ満腹になれるかしれたものではない。

「さあ、支度をしろ。出発するぞ」

小嶋伍長の声に、煙草を吸ったりしてのんびりしていた兵士たちがきびきびと動き出した。

「どこへ行くんですか？」

幸甚は金城に訊いた。まだしばらくはゆっくりできるものと思い込んでいたのだ。

「真壁《まかべ》だ。幸甚もあの辺には詳しいだろう？」

「ええ。でも、どうして真壁に？」

「みんなグラマンにやられてしまったから、この先遣隊がどこを目指していたのかわからなくなったんだ。とにかく、本隊が来る前に寝泊まりするところを確保しなきゃならない。小嶋伍長に相談されて考えたんだが、たしか真壁の村長が、昔、一中の教師だったはずだ。聞いたことないか？」

幸甚はうなずいた。確かではないがそんな話を小耳に挟んだ記憶がある。

「村長さんに頼めば空き家や壕を貸してもらえるかもしれない。一中の鉄血勤皇隊が頼めば」

「それもそうですね。だから、真壁か」

小嶋伍長がふたりの兵士と話していた。やがて、兵士ふたりは隊を離れ民家から立ち去っていく。

「あのふたりは？」

「我々が真壁に向かうことを本隊に報《しら》せるための伝令だよ。伍長はおまえも行かせるつもりだったけど、おれが止めた。ここから先にはおまえが必要だって言ってな」

「どうして？」

「首里に近づけば近づくほど死ぬ確率が高くなる」

金城は吐き捨てるように言った。幸甚はうなずいた。

「そんなところにおまえを行かせられるか。おれたちは生きるんだ。必ず生き残って本隊と合流する」

「はい。早くみんなと合流しなきゃ」

「出発するぞ」小嶋伍長が声を張り上げた。「金城君、真栄原君、先導を頼む」

「行こう」

幸甚と金城は行李を担ぎ、歩き出した。

南へ向かう道には民間人の姿が多かった。だれもが重い荷物を背負い、疲れ切った顔つきで歩いている。ここへ来るまでの道のりとは違い、道端に転がっているのは米軍に撃たれたのではなく病気か飢えで死んだ者たちだった。

沖縄の社会は崩壊した。病院もなくなったし、困った者の面倒を見てくれる行政も破綻している。戦線の遥か南のこの地でも、あるのは抗《あらが》えない軍命と飢えだけだ。だれかれかまわず食べ物をねだる老婆がいた。服装は乱れ、顔も髪の毛も汚れていた。くすんだ瞳に知性のきらめきは見えず、空腹を満たしたいという本能が彼女を支配しているようだった。

「兵隊さん、兵隊さん、なにか食べるものをくれないかい」

老婆は幸甚に腕を伸ばしてきた。喋っているのはきつい沖縄方言で聞き取るのも一苦労だった。

「食べ物はありません」

金城が言った。それでも老婆は諦めない。

「なんでもいいんだ。もう三日も食べてないんだ。憐《あわ》れだと思って恵んでくれないかい」

幸甚は目を閉じ、唇を噛んだ。できれば耳も塞ぎたい。食べ物はある。行李の中にあの畑で採ってきた芋を詰めてある。米もある。だが、この食料は幸甚たちの未来だ。生き延びるための糧だ。他人に分け与えている余裕はない。

昔は違った。沖縄は助け合いの島だった。顔見知りだろうとそうでなかろうとなにかを求めている人には分け与える。金持ちも貧者も関係なく、困っている人には手をさしのべる。だから、たとえ貧しかったとしても人々は幸せだった。笑っていられた。

戦争がすべてを変えた。なけなしの衣服や食料は自分と家族のためのものだ。他人に分け与えれば自分が、家族が死んでしまう。過酷な生存競争の下では弱肉強食こそが世界を統《す》べる唯一の掟《おきて》なのだ。

幸甚は黙々と歩く。歩き続ける。やがて老婆の声が聞こえなくなる。道端に座り込む痩せさらばえた子供たちの姿が目に入らなくなる。

鼻が詰まった。口の中が塩辛い。幸甚はいつの間にか泣いていた。

＊　　＊　　＊

真壁には人が大勢残っていた。住民はもとより、友軍や戦火を逃れて南下してきた民間人が空き家や納屋、壕などに潜り込んで占領している。

兵士たちと村はずれの空き地で別れ、幸甚と金城は村長を捜した。しかし、村長は隣の村へ出かけているということがわかった。いつ戻ってくるのかは不明だという。

「困ったな」

幸甚たちが戻って報告すると小嶋伍長は苦虫を噛み潰したような表情になった。

「どの壕も民間人でいっぱいだ。おれたちだけならなんとか潜り込むこともできるだろうが、本隊が来るとどうにもならない」

「民間人を立ち退《の》かせましょう」

兵士のひとりが言った。

「馬鹿を言うな。彼らだって家を追われ、死に物狂いでここまで逃げてきたんだぞ」

「しかし、伝令も出したことだし、本隊はここを目指しているはずです」

「集落の周辺をもう一度当たってみよう。隠れるのに適した場所が見つかるかもしれん」

「南の方へ行くと小さな山があります」幸甚は言った。「稜線《りょうせん》が東西に長く伸びているんですが、あそこなら壕を築けるかもしれません」

「本当か?」

「ああ、あの山ならぼくも知っています」金城がうなずいた。「壕を築けると思います」

「よし、そこへ行こう。出発だ」

小嶋伍長が号令をかけ、兵士たちの行軍が再開された。

「こんな調子で本当に本隊と合流できるんでしょうか？」

幸甚は金城に訊いた。金城は答えなかった。

＊　＊　＊

山道をしばらく登っていくと、岩場に出た。岩場自体はそれほど広くはなかったが、大きな一枚岩が切り立った崖に斜めに立てかけられたようになっていた。

「とりあえず、あれを臨時の壕にしよう」小嶋伍長が足を止めた。「狭いが、この人数ならなんとか雨風をしのいで寝ることができるだろう」

兵士たちが荷物をおろし、岩に近づいた。崖と一枚岩に守られた空間はほとんど直角三角形のようになっている。砂利や石くれを取り除けば急場の壕として使えそうだった。

「金城君、真栄原君」

兵士たちを手伝おうと思っていると、伍長に呼ばれた。

「伍長殿。君はつけないでください。ぼくたちも軍人のつもりです」

金城が言った。

「そうか。金城はともかく、真栄原を見ているとまだ子供だからつい……それはそうと、飲み水が必要だ。この近くで水を汲めそうなところはないか」

「真壁まで戻らないと……」

幸甚は首を振った。真壁の集落の中に、村民が使っている泉がある。記憶にある水汲み場はそこだけだった。

「では、戻って水を調達してきてくれ」

「水を入れるものは？」

「それもおまえたちが調達するんだ」

「わかりました」

幸甚たちは敬礼し、伍長に背を向けた。来た道を駆け足で戻る。山裾と真壁集落の間には田圃《たんぼ》と畑が広がっていた。畑ではサツマイモが栽培されていたようだったが、芋はほとんど掘り尽くされていた。

「ちくしょう」

幸甚は吐き捨てた。武富で採ってきた芋だけではそれほど保《も》たない。あの岩場に壕を作るにしても水と食料の確保が問題だった。

「とりあえず、カンダバーだけでも持って帰ろう」

金城が言った。カンダバーとはサツマイモの葉っぱのことだ。火を通せばなんとか食べることができる。

「じゃあ、ぼくは水を汲んできます」

幸甚は言った。畑のはずれに木桶《きおけ》がいくつか転がっていた。適当な枯れ枝を見つけて木桶に通せば天秤《てんびん》のようにしてものを運ぶことができる。あれで水を汲むのだ。

泉では水を求める人たちが列を作っていた。軍人に民間人。民間人のほとんどはまだ年端もいかない子供たちだった。ある年齢以上の男たちは軍に駆り出され、集落には働き手がいないのだ。

子供たちは子供らしくなかった。みんなくたびれ果て、笑顔のひとつも見られない。戦争が彼らから子供らしさを奪っている。

幸甚は泉に映る自分の顔を見つめた。幸甚も同じだった。水面に映っているのは五十歳を過ぎた男の顔だ。夢と希望をもぎ取られ、自分の死期を考えている男の顔だ。

幸甚は首を振り、余計な考えを振り払った。木桶に水を汲んで担ぐ。枯れ枝の節が肩の肉に食い込んで思わず呻いた。

「これぐらいなんだ」

独り言を口にしながら泉を離れる。死んだ人間に比べれば、砲撃や銃撃で手足を失った同胞に比べれば、肩の痛みなどどうということもない。

畑に戻ると金城が代わって木桶を担いでくれた。

「気がつかなくてすまん。おれが水を汲みにいくべきだった――」

金城の言葉が終わらないうちに、なにかが空気を切り裂く音が聞こえてきた。その直後、激しい爆発音が轟いた。

砲撃だ。砲弾が真壁の集落に次々と襲いかかる。

「幸甚、こっちへ来い」

木桶を足もとに置いて、金城が畑の脇の茂みに飛び込んだ。幸甚も後を追う。首をすくめながら茂みの隙間から集落の様子をうかがった。

砲弾が空気を切り裂き、集落に落ちて爆発する。つい数分前までは戦火とは無縁だった平和な集落が、一瞬で阿鼻叫喚《あびきょうかん》の地獄と化したのだ。

「みんな死んでしまう」

幸甚の呟きは爆音にかき消された。土砂が吹き上がり、破壊された家の破片が宙を舞う。

「米軍がすぐそこまで迫ってきてるんだ」

砲撃の合間に金城の声が聞こえた。幸甚は生唾を飲みこんだ。長く降り続いた梅雨の雨が終わるのと同時に、米軍も侵攻速度をはやめているのだろう。このまま南に追いやられれば、軍も民間人も逃げ場を失う。わずかばかりの陸地の先は海が広がっているだけだからだ。

「守備隊はなにをしてるんですか？」

幸甚は訊いた。

「向こうの火力の凄まじさはおまえも体験しただろう。戦闘機がなければ……制空権を握れなければ勝ち目はない」

砲撃はまだ続いていた。幸甚は過去に思いを馳《は》せた。米軍が沖縄に上陸してもなお、鉄血勤皇隊の内部には楽観的な空気が漂っていた。本土や台湾《たいわん》の基地にいる海軍が戦闘機の一団を編制して沖縄を救いに来るという噂《うわさ》が流れていたからだ。

米軍の足音が首里へと徐々に近づいてくる中、隊員たちは固唾を飲んでその時を待っていた。零戦《ゼロせん》の編隊が米軍を蹴散らすその瞬間を。だが、沖縄の上空を我が物顔で飛び回っているのはトンボとグラマンだけだった。零戦はとうとう沖縄を救いには来なかった。

零戦はもう来ない――そう悟ったときから、皇軍に対する不信感が芽生えはじめたのだ。

沖縄を守ると言いながら、大本営は精鋭師団を台湾に移動させた。結果、沖縄守備軍の参謀たちは沖縄を守ることより、米軍の本土上陸を遅らせるという作戦をとらざるを得なかったのではないか。沖縄は捨て石にされたのではないか。それでも本土のため、天皇陛下のためにと苦難に耐えている沖縄の人々は惨めすぎるではないか。

そうした考えを口にしたことはなかった。勤皇隊員たちはほとんどが熱烈な軍国少年たちだった。天皇陛下のために命を捧《ささ》げるのは当然だと教えられてきた。そんな彼らに皇軍は沖縄を見捨てたのだ、皇軍は嘘つきだなどと言っても相手にしてもらえない、いや、それどころかつるし上げを食う。

幸甚はすぐ隣の金城の横顔を盗み見た。

しかし、金城なら……。この年上の男なら幸甚の考えに理解を示してくれるかもしれない。

「終わったぞ」

金城がふいに口を開いた。

「え？」

幸甚は慌てて集落に顔を向けた。凄まじい土埃が視界を遮っていた。だが、爆発音は収まっている。音の消えた世界はまるで無声映画のようだった。

幸甚は茂みを出ようとしたが金城に止められた。

「まだだ。敵は様子を見ているだけかもしれない」

「でも、集落の人たちを助けないと」

「まだだ。こらえろ」

金城の目は猛禽《もうきん》のそれのようだった。鋭く、容赦がない。幸甚は言葉を飲みこんだ。

じりじりと時間が流れていく。砲弾が風を切る音も、爆発する音も聞こえない。

米軍はこの辺りに対する砲撃を打ち切ったのだ。

「金城さん」

幸甚は金城を促した。だが、金城は答えず、動かない。

「金城さん」

幸甚がもう一度促す声に、他の声が重なった。集落から人々が口々になにかを叫びながら逃げ出して来る。

あれだけの激しい砲撃だ。集落が全滅してもおかしくないと思っていたが、かなりの数の人間が生き残っていた。

「いくぞ、幸甚」

金城が茂みから飛び出た。幸甚もその後を追う。逃げ出して来る人の流れに逆らい、集落を目指す。

「怪我人はいませんか？　困っている人はいませんか？」

手当たり次第に声をかけて回った。だが、だれも幸甚の声に耳を傾けてはくれなかった。みな、逃げることに必死なのだ。案じるのは自分と家族のことだけ。他人の様子を気にかけている余裕はない。

集落に入ったところで幸甚と金城は足を止めた。牧歌的な農村の風景が一変していた。家は吹き飛ばされ、薙ぎ倒され、道路や畑のいたるところに大きな穴が穿《うが》たれている。逃げ惑う人々の怒号と、怪我人の悲鳴が交錯していた。

西側が半分吹き飛ばされた家の前で女性が子供を抱いたままの姿で倒れていた。幸甚と金城は駆け寄った。

女性は血まみれだった。砲弾の破片をくらってしまったのだ。彼女の腕の中の子供もその血を浴びて真っ赤に染まっていた。

「この子を……この子を」

女性はなにかの呪文のように同じ言葉を繰り返していた。

「大丈夫ですよ。ぼくたちが助けを呼んできますから」

金城が女性を抱き起こした。女性は苦痛に呻《うめ》いたが、子供はなんの反応も見せなかった。人形のようにされるがままになっている。

幸甚は立ち尽くした。子供の下半身がなかった。至近距離で砲撃を受け、身体をまっぷたつに引き千切られたのだ。

「この子を……この子を……」

血まみれの母親は子供の死体を抱きしめたまま息絶えた。

6

食料が底をついてから三日が経った。兵士たちが持っていた米も、武富の畑から頂戴してきた芋も残ってはいない。カンダバーを塩ゆでにしたものや砂糖きびを囓《かじ》ってなんとか飢えをしのいでいた。

岩場には民間人や傷病兵などが入れ替わり立ち替わりやってきた。だが、米軍の真壁への砲撃がはじまると、砲弾の破片が時折岩場まで飛んできた。幸甚たちが壕にしている場所は安全だったが、他の岩場は危険きわまりない。結局、岩場に残っているのは幸甚たちの部隊だけになった。

伝令に出たふたりの兵士は三日ほどで戻ってきた。結局、本隊を見つけることができなかったらしい。小嶋伍長はいずれ本隊は真壁付近までやってくると睨み、この岩場で待機することを選んだ。

岩場は安全だ。砲弾も破片もここまでは飛んでこない。難点はごつごつした岩の上での寝心地が悪いことだが、慣れればそれほど辛《つら》くはない。

辛いのは起きている間中空腹に苛《さいな》まれることだ。いや、寝ていても食料を求めてあてどもなくうろつく夢を見る。

幸甚は日陰に寝そべり、組んだ両手を胃の上に置いた。胃を圧迫すれば、短時間だが空腹が紛れるのだ。三十分ほど前に米軍の砲撃がやんだばかりだった。

「幸甚」金城が駆け寄ってきた。「真壁に行くぞ」

「またカンダバーを集めるんですか？」

「それもあるが、ちょっと集落の様子を見てこいと小嶋伍長に言われた。人がいなくなった家を探せば食料が見つかるかもしれないしな」

「わかりました」

幸甚は跳ね起き、金城と肩を並べて真壁集落へと続く道を下った。集落が目に入ってくると足が重くなる。あの光景が忘れられないのだ。砲弾に下半身を引き千切られた子供と、その子供を必死で抱きしめながら子供の命乞いをする瀕死《ひんし》の母。いつか自分もああなるのだと絶望し、いや、必ず生き残ってやるよという決意を新たにする、相反する思いが交互にやって来る。

連日の砲撃で真壁の集落は廃墟《はいきょ》と化しつつあった。住民の大半は家を捨て、南へと下っていった。砲弾の直撃をくらうことの少ない集落の外れにわずかな人々が居残っている。砲撃で家々が吹き飛ばされ、集落は見通しがよくなっていた。

「おや」

金城が目を凝らした。水汲み場に人が集まっている。砲撃がやんだ隙を狙って水を汲んでいるのだ。

「勤皇隊員がいるぞ」

金城が言った。幸甚も目を凝らした。本当だった。幸甚や金城と同じ年頃の少年兵が水を汲む順番を待っている。幸甚と金城はどちらからともなく走りはじめた。

「上原だ。上原静夫《しずお》がいるぞ」

金城が四年生の鉄血勤皇隊員の名を口にした。

「安里英一もいます」

幸甚は言った。久しぶりに見る学友の無事な姿に気持ちが昂《たかぶ》っていく。

「上原、安里」

金城が声を張り上げた。ふたりがこちらに気づき両手を振りはじめた。

「金城さん、幸甚、無事だったんですね」

金城は上原と、幸甚は安里と手を握りあった。

「伝令を何度か出したんだがすれ違ってばかりで……本隊は？」

金城が言った。

「一昨日《おととい》からこの近くの民家で寝泊まりしています。みんな無事ですよ」

「民家って、砲撃があるだろう」

「なぜだかわからないけど、上手《うま》い具合にその辺りだけ砲弾は飛んでこないんです。破片は来ますけど、砲撃の間はみんな地面に伏せてますから」

「連れて行ってくれ。報告しなきゃならないことがある」

「わかりました」

安里は水汲みに残って、上原が民家まで案内してくれることになった。

「桃原先生は？　元気でいらっしゃいますか？」

上原が屈託のない声で訊いてきた。幸甚は金城と目を合わせ、俯いた。

「先生は亡くなった」

「そんな……いつですか？」

「おれたち先遣隊が保栄茂《びん》の壕を出て間もなくだ」

「まさか、先生が……」

「先遣隊はほとんど全滅です」幸甚は言った。「生き残っているのはぼくたちと兵士が五人」

「全滅だって？」

「途中でグラマンに見つかって機銃掃射を受けたんだ。ひとたまりもなかった。おれたちは運がよかった」

金城が言うと、もうだれも口を開こうとしなかった。砲弾が穿った大きな穴を避けながらとぼとぼと歩いた。

やがて、鉄血勤皇隊本隊がかりそめの宿としているという民家が見えてきた。篠原中尉をはじめとする兵士たち、教員、そして勤皇隊員たちが忙しげに立ち働いている。

「兵士の数が少ないじゃないか」

金城が言った。

「ここでは全員を収容することができないからと、さらに南へ移動しています。我々もついていくことになっていたんですが、篠原中尉が先遣隊の安否を確かめるまでは動くわけにはいかないと仰《おつしや》って」

上原が答えた。

ふいに涙がこみ上げてきて、幸甚は目元を乱暴に拭った。こんな状況にあっても、篠原中尉は幸甚たちのことを気遣ってくれるのだ。

みなが幸甚たちに気づきはじめた。ざわめきが広がっていく。

富田校長が民家の門までやってきた。

「金城に真栄原じゃないか。無事だったか」

校長の目は潤んでいた。

「はい。なんとか。校長先生、篠原中尉はどちらですか？　報告しなければ」

「わたしならここだ」

人垣の中から軍服姿の篠原中尉が姿を現した。

金城が気をつけの姿勢を取り、敬礼した。

「報告します」

幸甚も金城にならった。敬礼しながら、これまで起こったことを篠原中尉に報告する声を聞いた。やがて、金城の声が耳を素通りしていく。米を炊く匂いが漂ってきたのだ。

腹が鳴った。金城の声を遮るほど大きな音だった。

「金城君、報告は後にしよう。腹が減っているんだろう。ちょうど米が炊けるところだ。握り飯でも食べて落ち着くといい」

また腹が鳴った。幸甚を笑うものはひとりもいなかった。

＊　＊　＊

小嶋伍長たちはさらに南下したという部隊を追って岩場を離れ、幸甚と金城は鉄血勤皇隊本隊に合流することになった。

なんのための先遣隊だったのか。桃原先生をはじめとした兵士たちの犠牲は単なる無駄死にだったとしか思えなかった。目の前で死んで行った者たち。身体をまっぷたつに引き裂かれた子供を抱いた母親の懇願。ありとあらゆる記憶が氾濫し、しかし、やがて薄れていく。

肉体も心も、今日を、今この一瞬を生き延びることを最優先にしようとしていた。過去は余計なものでしかない。

握り飯の昼食を終えると、篠原中尉の号令がかけられ、勤皇隊は南に向けて出発した。砲弾の音やトンボのエンジン音に怯えながらの行軍だったが、よく知った仲間たちとの行動はかなり気が楽だった。

「金城、真栄原。ちょっとこっちへ来い」

歩きはじめて三十分ほど経ったころ、列の後ろの方から声がかかった。藤田伍長が幸甚たちを手招きしていた。篠原中尉ははるか先頭近くを歩いている。

「なんでしょうか」

幸甚は金城と肩を並べ、藤田伍長の前に立った。いきなり拳が飛んできた。避《よ》ける間もなく殴打され、幸甚と金城は地面に転がった。

「貴様ら先遣隊の役目はなんだ？　我々が退避できる壕を確保することだったろう。

それもできずにのこのこ帰隊するとは、貴様ら、たるんでおる」

倒れたまま脇腹を蹴られた。幸甚は身体を折り、握り飯を吐いた。隣では金城がさらなる殴打を受けている。金城は感情の消えた目で藤田伍長をじっと見据えていた。

「貴様らが任務を全うしていれば、今ごろは足を伸ばして休むことができたんだ。敵機の機影に怯えながら歩くこともなかった」

「自分たちは先導役でした。壕を確保するのは正規軍の任務です」

「貴様、口答えするのか。沖縄人の分際で」

藤田伍長は金城の胸元を鷲掴《わしづか》みにし、右の拳を頰に叩きつけた。金城の頭が大きく揺れた。金城はその場に突っ伏し、動かなくなった。金城が腰に差していた拳銃が転がった。

「これはなんだ？　なぜ、おまえたちが銃を持っている？」

藤田伍長は金城の銃を拾い上げ、その手で金城を殴った。

「伍長、これ以上はまずいです。中尉に知れたら……」

「このくそガキが悪いんだ。沖縄人の分際でこのおれに口答えするから」

周りにいた勤皇隊員たちは動かなかった。なにもしなかった。ただ、藤田伍長の謂《いわ》れない暴力を凝視し、「沖縄人の分際で」という言葉に耳を傾けていた。

「なんだ、貴様ら、その目は？　文句があるのか？」

藤田伍長が喚《わめ》いた。隊員たちは力なく首を振り、歩きはじめる。

「伍長……」

「なんだって沖縄人なんかを守るためにおれたちが身体を張らなきゃならないんだ。こんな島、米軍にくれてやれ。その方が清々するってもんだ。下等国民が」

「もうやめてください、伍長。中尉に聞かれたら営倉行きですよ」

「営倉？　そんなもんがどこにある。営倉以下の壕しかねえじゃねえか」

幸甚は地面を這《は》いずりながら金城に近づいた。金城は気を失っているようだった。

「金城さん、金城さん」

幸甚は金城の身体を揺すった。

「おまえらも中尉、中尉ってやかましいんだよ。おとこ芸者みてえな面《つら》した男、戦争が終わったらおれがぶちのめしてやる」

藤田伍長は喚き続けている。幸甚は金城を揺すり続けた。金城の瞼《まぶた》が痙攣した。

やがて、ゆっくり目が開く。

「だいじょうぶですか？」

金城はうなずき、身体を起こした。唾を吐く。唾には血が混じっていた。

藤田伍長は兵士たちに促されながら歩きはじめていた。金城は遠ざかっていくその背中を憎しみに溢れた目で睨んだ。

「幸甚、おれはあいつを殺す」

「き、金城さん、あいつって……」

「藤田伍長だ」

幸甚は思わず周りを見渡した。行軍の最後尾が数メートル前を歩いている。金城の言葉をだれかが聞いた可能性は低かった。

「殴られるのはいい。我慢してやる。でも、あいつはおれたちうちなーんちゅと篠原中尉を侮辱した。絶対にゆるせない」

「金城さん……」

金城の燃え上がるような怒りを否定することはできなかった。それは幸甚が覚えた怒りと等質だったからだ。だが、帝国陸軍の兵士を殺すなど、幸甚には思いもよらなかった。

「おれはあいつを必ず殺す。この戦争で死んでいったうちなーんちゅの魂に誓う。絶対に殺してやる」

金城は一語一句を歯の隙間から絞り出すように言った。その憎しみの深さに触れて、幸甚は身震いした。

7

夜が明けるのと一行が喜屋武《きやん》の集落に辿り着くのはほとんど同時だった。喜屋武もまた真壁と同じように米軍の砲撃に遭い、酷《ひど》いありさまになっていた。

隊列は崩れ、篠原中尉を中心とした人垣ができていった。

「もっと南下しなければだめか……」

周囲を見渡し、篠原中尉は言った。

「しかし、中尉殿。夜通し歩いてきたのです。少し休息を取らないと。女性もおることですし」

富田校長が言った。女性というのは、鉄血勤皇隊と行動を共にしている教員の妻たちだ。

「それもそうですね。米軍の攻撃はまだしばらくはないでしょう。適当な場所を見つけて、そこで休憩しましょう。みな、腹も減っているでしょう」

篠原中尉の命令で、藤田伍長たちが集落に入っていった。しばらくすると兵士がひとり、戻ってきた。

「中尉殿、大きな屋敷を見つけました。全員を収容できます。家人は見あたりません」

「では、とりあえずその屋敷に移動しよう」

その屋敷は集落の南西にあった。村長か集落の有力者の家なのだろう。石垣に囲まれた敷地は広く、中には家畜小屋まであった。石垣は虫に食われたようにあちこちが崩れていた。砲弾をくらったのだろう。庭の中央に大きなガジュマルの木があり、休むには格好の日陰をつくっていた。

「ここで休止を取る。三時間後に出発だ。各自、よく休むように」

篠原中尉が言い、兵士や教員、勤皇隊員たちは庭や家畜小屋で場所を確保し、横になりはじめた。

「来い、幸甚」

金城に誘われ、幸甚は庭の隅へ移動した。

「金城さん、日陰で休みましょうよ」

「あそこには藤田がいる」

確かに、ガジュマルの根元には藤田伍長と兵士たちが陣取っていた。校長と教員、一部の勤皇隊員たちは家畜小屋に入っていく。篠原中尉は崩れていない石垣の上で水平になって、鞄《かばん》を枕にして横たわっていた。

空腹だったが疲れてもいた。空腹を紛らわす最高の方法は寝ることだ。空腹が極限に達すると寝ることもできなくなるが、今は眠りたかった。

金城と肩を並べ、石垣に背中をもたせかける。膝を抱えて座ると意識が遠のいていった。

すぐに夢を見る。夕餉《ゆうげ》の夢だ。幸甚は父や姉妹とお膳を囲んでいる。懐かしい我が家の居間だ。母がまな板で野菜を刻む音がする。鍋で煮えている煮物の香りがする。目の前には炊きたてのご飯があり、湯気をたてる味噌汁《みそしる》の椀《わん》がある。

「たくさんお食べ」

母の声がして、幸甚は箸に手を伸ばす。左手に茶碗《ちゃわん》を持ってご飯を頬張ろうとしたとき、米軍の砲弾が居間に落下してきた。凄まじい大音響と共に火柱が立ち上る。煙が沸き起こる。父も姉妹も吹き飛ばされていく――

「幸甚」

金城の叫びで我に返った。砲弾は夢ではなかった。ガジュマルの木がへし折れ、土煙がもうもうと立ちこめている。あちこちで悲鳴が上がっていた。

「怪我はないか？」

「はい」

「ここにいろ。おれは様子を見てくる」

幸甚が返事をする前に、金城は走り去った。煙に飲みこまれ、後ろ姿がすぐに見えなくなる。幸甚は首をすくめたまま第二撃、三撃の砲撃に備えた。だが、それ以上砲弾が飛んでくることはなかった。

意を決し、腰を上げた。あちこちから聞こえてくる悲鳴に耳を塞ぐことができなかった。怪我人がいるなら助けなければならない。

砲弾はガジュマルの木を直撃したらしかった。木の周辺で休んでいた者たちが被害を受けていた。血まみれのまま動かない者、地面の上をのたうち回っている者。

幸甚は死者には目もくれず、怪我人を助け起こした。中年の女性だった。おそらく、田中《たなか》先生の奥さんだ。破片をくらったのか、額から血を流していた。他に怪我はない。

「だいじょうぶですか？　しっかりしてください」

「だめよ。わたしはもうだめなの。死ぬのよ。あなた」

女性は錯乱していた。幸甚は女性の両肩を摑み、乱暴に揺すった。

「しっかりしてください。かすり傷です。死んだりはしません。他にも怪我人がいるんです。手伝ってください」

女性は瞬《まばた》きを繰り返した。

「かすり傷?」

「そうです。だいじょうぶですか? ひとりで立てますか?」

女性は自分の身体を触った。

「額から血が出てますが、だいじょうぶ。たいしたことはありません」

「血が目に入って、視界が真っ赤になって、それでわたし……」

「もうだいじょうぶですから」

幸甚は女性から離れ、腹を抱えてうずくまっている勤皇隊員に駆け寄った。上原だった。

「上原さん」

幸甚は上原を抱き起こした。腹部に砲弾の破片が突き刺さっていた。

「だれか、手伝ってください。四年生の上原さんが負傷しました」

幸甚はあらん限りの声で叫んだ。この傷は自分ひとりの手には負えない。

「幸甚か……」

上原が目を開けた。血走った目は地獄を垣間見《かいまみ》た者のそれだった。

「しっかりしてください。すぐに助けが来ますから」

「り、立派に戦って死んだとおふくろに伝えてくれ」

「死んじゃだめです。こんなんで死にはしませんから。だれか、早く」

土煙の向こうから足音が聞こえてきた。

「上原が負傷しただと？」

富田校長の声だった。煙を掻《か》き分けるようにしてこちらに向かってくる。その後ろには教員や勤皇隊員たちもいた。

「砲弾の破片が腹に刺さっているんです」

「よし、とりあえず家畜小屋へ運ぼう」

校長の指示に従って教員たちが上原を運んでいく。幸甚は一息つき、辺りを見渡した。無事な者が怪我をした者たちを励ましたり手当てをしたりしていた。金城の姿はない。

目を凝らした。土煙の向こうに篠原中尉の姿があった。横たわったまま動かない。

「中尉殿」

幸甚は走った。篠原中尉の顔は血まみれだった。

「中尉殿」

心臓が口から飛び出そうだった。篠原中尉が死ぬわけがない。そう思いながら、微動だにしない中尉から目を逸らすことができない。

「中尉殿」

幸甚の声に周囲が反応した。みな篠原中尉のいる方に顔を向け、凍りつく。

「中尉殿」

篠原中尉がいなくなれば、この隊はどうなるのか。どうやって生き延びろというのか。篠原中尉はいつも勤皇隊員の側に立っていてくれた。兵士たちの理不尽な暴力から守り、上層部の無茶苦茶な命令から守ってくれた。篠原中尉がいたからこそ、この戦争をなんとか耐えてこられたのだ。

「中尉殿」

幸甚は一際高く声を張り上げ、篠原中尉の身体を揺さぶった。

「中尉殿、しっかりしてください」

反応はなかった。鉄兜《てつかぶと》はどこかに吹き飛び、篠原中尉の頭蓋骨《ずがいこつ》が剝き出しになっていた。頭蓋骨には獣に食い取られたような穴が開いていた。

「中尉殿」

幸甚は篠原中尉の身体をきつく抱きしめ、だれに憚《はばか》ることもなく泣きはじめた。

＊　＊　＊

兵士と鉄血勤皇隊員が力を合わせてガジュマルの木の下に穴を掘った。口を開く者はひとりもいなかった。

穴を掘り終えると富田校長以下、教員たちが穴の底に篠原中尉を横たえた。どこかでだれかが啜り泣いている。

幸甚はもう泣かなかった。涙が涸《か》れてしまったのだ。動かない中尉に抱きついたまま泣き続けた。哀しみは永遠に心を引き裂き続けるかと思われた。涙はとめどなく溢れ続けるのかと思われた。

そんなことはなかった。哀しみに押し潰される寸前、幸甚の心は干涸《ひから》びた。涙も止まった。幸甚の身体の内部は砂漠のように乾ききって風ひとつ吹くことがなく、なにも感じなくなっていた。

だれかが歌っていた。一中の校歌だ。他の隊員たちも歌い出す。幸甚は歌わなかった。いや、歌えなかった。

中尉の遺体に土がかけられていく。歌声に啜り泣きが混じる。幸甚はただ、墓穴を凝視する。

＊　＊　＊

簡単な葬儀が終わると出発の支度を命じられた。いつ砲弾が飛んでくるかわからないのに、いつまでもここにいるわけにはいかない。さらに南下して安全な場所を確保しなければならないのだ。

安全な場所？　幸甚は小さく首を振る。そんな場所がどこにあるというのだろう。隠れることのできる壕にはもう人が溢れているだろう。民家に隠れれば砲撃の餌食《えじき》になる。それでも南下を続けるのか？　その先には海しかない。笛吹《ふえふ》きに踊らされたハーメルンの子供たちのように、集団で海に飛び込むのか。

幸甚は金城を捜した。彼と無性に話がしたかった。他の人間が理解してくれないことでも、彼ならうなずいてくれる。そんな確信があった。

だが、金城はどこにもいなかった。幸甚は金城の不在を報告するため、富田校長のいる家畜小屋へ向かった。小屋の中から声が聞こえる。

「やはり、篠原中尉の軍刀が見つかりません。藤田伍長が持ち去ったのでしょうか」

太く重々しい声は数学を教える加藤《かとう》先生のものだった。

「そういうことになるか……しかし、軍刀などを持って消えて、あの男はなにをしようというのだ」

「脱走ですよ。決まってるじゃないですか」

幸甚は後ろを振り返った。確かに、藤田伍長の姿も消えている。他に二、三人、兵士の姿が見えない。

「帝国陸軍の軍人が敵前逃亡などするはずがない」

「しかし、それ以外に説明がつきません」

「失礼します」

幸甚は声を張り上げ、家畜小屋へ足を踏み入れた。ふたりの会話が途絶えた。

「真栄原か？　どうした」

「金城先輩の姿が見えません」

「金城が？　まさか、砲弾に吹き飛ばされたのか？」

「いえ。砲弾が爆発した時はぼくの隣にいました。もしかすると、藤田伍長たちの後を追ったのかも。金城さんは伍長を憎んでいましたから」

校長と加藤先生が顔を見合わせた。

「捜しに行ってもよろしいでしょうか。出発時間までには戻ってきます。金城さんが馬鹿な真似《まね》をする前に止めたいんです」

「いいだろう。行ってきなさい」校長が言った。「ただし、時間厳守だ。君たちを待つために他の生徒たちの命を危険にさらすわけにはいかない」

「わかりました」

幸甚は敬礼した。

＊　＊　＊

兵士のひとりと話をつけ、遺体から失敬してきた煙草と米二合を交換した。マッチと飯盒《はんごう》は死んだ兵隊から拝借した背嚢《はいのう》に収まっている。数日は空腹に悩まされることもないだろう。拳銃は背嚢の奥に押し込んである。

校長には出発前に戻ると言ったが、金城が見つかるまで捜し続けるつもりだった。金城を人殺しにはしたくなかった。

いざという時のために取っておいた地下足袋《じかたび》に履きかえ、幸甚は背嚢を背負った。金城は藤田伍長を追っていったに違いない。伍長を殺す——そう言った時の目は狂気に彩られていた。

出発前に篠原中尉に挨拶をしたかった。穴を掘って土を被せただけの墓前に立ち、敬礼する。

「おい、真栄原。おまえ、中尉の軍刀を知らないか？」

五年生の平良敏夫《たいらとしお》が声をかけてきた。

「軍刀ですか？　自分は知りませんけど」

「どこを探しても見つからないんだ。中尉が軍刀を手放すわけがないし、やっぱり、だれかが盗んでいったんだ。けしからんにもほどがある」

金城と藤田伍長の顔が脳裏をよぎっていった。軍刀を持っていったのはどちらかだ。不思議な確信があった。

「おまえ、そんな格好をしてどこへ行くんだよ？」

「金城さんを捜してきます」

「一郎がどうした？　あいつ、いなくなったのか？」

「逃げた藤田伍長を追いかけて行ったんだと思います」

平良がしたり顔でうなずいた。

「軍人のくせに戦場から逃げ出すなんてとんでもないやつだ。一郎もあいつには散々殴られてたからな。ゆるせないんだろう」

「自分は金城さんを連れて戻ってきます」

「よろしく頼んだぞ。中尉が亡くなって、指揮系統が無茶苦茶になってる。おれたちは校長を補佐しないと」

「それでは、行って参ります」

幸甚はもう一度敬礼し、平良に背を向けた。

8

藤田伍長はどこへ逃げるだろう。北は考えにくい。米軍が展開しているのだ。国《くに》頭《がみ》突破と称して戦線の北へ脱出を試みる兵士や民間人が後を絶たないが、成功したという話を耳にしたことはない。

北へ向かわないのだとしたら、残るは南だ。もう数キロも南下すればその先は海だが南西の方角にはまだ土地がある。

幸甚は背嚢《はいのう》を背負い直し、南へ足を向けた。軍人も民間人も一様に米軍に追われ、南部の狭い地域に押し込まれている。いたるところに人が溢れていた。

溢れているのは生きた人間だけではない。野ざらしのまま放置された死体もいたるところに転がっている。蛆《うじ》にたかられ、腐敗した肉から悪臭を放ちながら、かつて人だったものがゴミくずのように打ち捨てられている。米軍がもたらす死は公平だった。老若男女、貴賤《きせん》を問わず襲いかかってくるのだ。台風がもたらす暴風雨のように無慈悲に、容赦なく。

死んでいるのは軍人より民間人の方が多いように思えた。軍に守られるはずの民間人が、ここでは軍の盾にされて無残に死んでいくのだ。

喜屋武岬《きゃんみさき》を目指して、幸甚は俯き加減に歩いた。慣れたとはいえ、必要以上に死体を見たいわけでもない。周りの人々も同じだった。俯き加減で足早に歩き、どこかで砲弾や機銃、艦砲の音がすると立ち止まり、身体を低くする。どの顔にも死の影が射し、だれもが一様に痩せ細っていた。

西の空の方から甲高いエンジン音が聞こえてきた。幸甚は道から離れ、茂みの中に身を隠した。他の人たちも同じように隠れている。トンボが飛んできたのだ。

トンボは幸甚たちのほぼ真上で旋回しはじめた。すぐにグラマンがやって来て機銃掃射をはじめるだろう。幸甚は左右を見渡した。機銃から身を守れそうな場所はない。グラマンがやって来る前に逃げなければ——

腰を浮かそうとして、トンボがなにかをばらまいているのに気づいた。紙吹雪のようだった。無数の紙片が風に舞いながら落ちてくる。しばらくするとトンボは飛び去っていった。幸甚は足もとに落ちてきた紙片を拾い上げた。白い洋紙だった。文字が印刷されている。

「このビラを持って投降してきた人たちは助けてあげます。食べ物も水も分けてあげます」

紙にはそう書かれていた。

敵の作戦だ——幸甚は思った。このビラで油断させ、投降してきたらその場で銃殺するに違いない。

鬼畜米英は捕虜をとらない。男や子供は皆殺しにされ、女は手籠めにされる。しつこいぐらいに繰り返し、そう教わってきた。

だが、本当にそうなのだろうか。

幸甚は首を傾《かし》げた。戦況も皇軍のあり方も、この戦争がはじまる前に教わってきたこととは大きくかけ離れていた。無敵のはずの皇軍は米軍に蹴散らされ、民間人を盾にするようにして敗走している。援軍はどこからもやって来ず、沖縄は本土から見放されたまま地獄の様相を呈している。

ならば、投降した者は殺されるという話も嘘なのかもしれない。

幸甚はしばらく迷った末に、ビラを折りたたみ、懐にしまい込んだ。逃げても殺され、投降しても殺されるなら、せめて、腹一杯食べることができると思いながら死んでいきたい。いざとなったらこのビラを持って投降することも考えておく必要がある。

トンボが飛び去って十分が過ぎた。グラマンがやって来る気配はなかった。幸甚は道に戻った。大勢の人たちが拾い上げたビラを食い入るように見つめていた。

二十分ほど歩くと、細い道に出た。道の左右にはいくつもの壕が口をあけている。幸甚はひとつひとつの壕を覗き、藤田伍長を見かけなかったかと訊《たず》ねた。軍人がひしめいている壕ではけんもほろろに追い払われた。民間人が混ざっている壕では話を聞いてもらうことができた。

「伍長さんかどうかはわからんけど、なんだかそわそわした様子の兵隊さんが伊原《いばる》の方に向かっていったぞ」

　とある壕にいた男がそう教えてくれた。

「それはどれぐらい前ですか？」

「四、五十分ぐらい前かな」

「その伍長の後から、ぼくよりふたつほど年上の少年兵が来ませんでしたか？」

「それは気がつかなかったな」

「ありがとうございます」

　幸甚は丁寧に礼を言い、壕を離れた。伊原というのは摩文仁《まぶに》と喜屋武のちょうど中間に位置する集落だ。藤田伍長がまずそこを目指した可能性は高い。

「ちょっと待ちな」

　男に声をかけられ、幸甚は振り返った。

「なんでしょう？」

「少年兵といっても、まだ十四、五歳だろう？　親御《おやご》さんはおまえがこんなことしているのを知っているのかい？」

　幸甚は首を振った。

「両親の安否もわからないんです。ぼくは首里の寮で暮らしていましたから。実家は糸満なんですが、米軍が上陸してからは帰っていないんです」

「おまえの名前は？」

「真栄原です。真栄原幸甚」

「糸満の真栄原だな。ちょっと待ってろ」

男はそう言って壕の中に消えていった。中からは赤ん坊の泣き声が聞こえた。赤ん坊を黙らせろと怒鳴る、苛立ちの混じった声がそれに続いた。

この壕は軍人と民間人が同時に利用しているのだ。沖縄の人間なら、どんなに辛い時でも赤ん坊に八つ当たりするようなことはしない。怒鳴っているのは間違いなく軍人だ。

幸甚は唇を噛んだ。戦争がはじまる前の夢は軍人になることだった。それも、将官に。東京へ行き、陸軍士官学校に入る。少尉として任官し、数々の手柄を立てて昇進し、やがて将軍になって日本を勝利に導く。

本気で軍人になるつもりだった。周りの同級生もほとんどが同じ夢を抱いていた。

だが、もう軍人になりたいとは思わない。篠原中尉のような立派な人もいるが、大抵の兵士たちは威張り散らすだけの最低の人間たちだった。

「ほら、そこにおる」

さっきの男が中年の女性を伴って壕から出てきた。

「幸甚じゃないの」

女性が叫ぶように言った。

「島袋《しまぶくろ》のおばさん」

幸甚は言った。女性は実家の三軒ほど隣に住む島袋豊子《とよこ》だった。

「こんなにガリガリになって。ちゃんと食べ物を支給してもらってるのかい？」

「ええ、なんとか。それよりおばさん。ぼくの両親のこと、なにかご存知ですか？」

「わたしも、二日ほど前にここに逃げてきたんだよ。あんたの両親も同じころ、逃げ出したけど、どこに行ったかまではねえ」

「二日前までは生きてたんですね？」

「当たり前だよ。海からの艦砲射撃が近くまで届くようになってきて、それで逃げ出したんだから。北には逃げられないんだから、どこかこの近くの壕にいるんじゃないかしら」

島袋豊子は眉間《みけん》に皺《しわ》を寄せた。戦争がはじまる前はでっぷりと太った女性だった。それが今は別人のように痩せている。

「おばさん、もし、両親を見かけることがあったらぼくは元気でやっていると伝えてください」

「伝えろって、あんた、自分で捜さないのかい？」

「任務があるんです」

突然、島袋豊子の目から涙が溢れた。

「あんたみたいな子供を……なにが皇軍だい。人でなしの集団じゃないか。ねえ、幸甚。どこかで忠《ただし》を見かけなかったかい？」

島袋豊子は息子の名前を口にした。幸甚よりふたつ年上で師範学校に通っていた。

「師範の生徒もぼくたちのように鉄血勤皇隊として動員されているはずですけど、所属している部隊が違うので……」

幸甚は言葉を濁した。

「一中の生徒たちはみんな無事なのかい？」

「ええ。部隊が守ってくれますから」嘘をつくのは辛い。しかし、真実を伝える勇気もなかった。「師範の生徒たちもきっと無事ですよ」

「ああ、よかった」

島袋豊子はその場にしゃがみ込み、人目を憚ることなく泣きだした。

＊　＊　＊

伊原の集落もひどい有様だった。砲弾が穿《うが》った穴があちこちにあり、崩壊した民家が点在していた。無事な民家を片っ端から訪ねてみたが人の気配はなかった。みんな、近くの壕に避難しているのだろう。

とある一軒の台所で味噌甕《みそがめ》を見つけた。中はほとんど空だったが底に少しだけ味噌がこびりついていた。

幸甚は砲撃で破壊された民家から木ぎれをかき集め、火を熾《おこ》した。飯盒《はんごう》で米を炊く。この後いつ、火を使えるかはわからない。炊いた米とわずかな味噌で握り飯を作り、ひとつだけ食べた。残りは風呂敷で包み、背嚢に入れた。

握り飯はうまかった。嚙めば嚙むほど米から甘みが溢れ出てくる。これほどうまい握り飯を食べたことはなかった。

食事を終えると集落を出た。北の方で銃撃音がしている。グラマンの機銃の音だ。空を見上げたがトンボもグラマンも見当たらなかった。なるべく目立たぬよう道を外れて歩き、壕を探した。

壕が見つかるたびに、藤田伍長、金城、そして師範学校の鉄血勤皇隊員を見かけなかったかと訊ねてまわった。

南下してきた部隊を喜屋武で見かけたという人がいた。どこのなんという部隊かはわからないが、昨日、喜屋武に到着し、先に壕に逃げ込んでいた民間人を追い出して我が物にしたという。

「みんな、持っているのは小銃に拳銃、それに手榴弾だけだった。あんなんでアメリカに勝てるわけがない」

部隊の話をしてくれた男は吐き捨てるように言った。戦況は悪化の一途を辿っている。このまま米軍に負けたら沖縄はどうなってしまうのだろう。

幸甚は壕を離れた。とりあえず喜屋武に向かうのだ。藤田伍長はそちらへ向かっているに違いない。喜屋武に到着したという部隊に、もしかすると師範学校の鉄血勤皇隊が従軍しているかもしれない。

島袋豊子の泣き顔が脳裏に刻まれている。忠の安否を確かめずにはいられなかった。

喜屋武に向かう途中で空腹を覚えた。陽《ひ》が傾きかけている。夜になれば手探りで握り飯を探さなければならない。今のうちに食べておこうと背嚢をおろした。握り飯を出そうとしたその瞬間、なにかが空気を切り裂いて飛んでくる音が耳を打った。艦砲射撃だ。

考えるより先に身体が動いていた。道ばたの大きな岩の陰に逃げ込んだ。爆音と共に背嚢が吹き飛ぶのが見えた。

死ぬ恐怖より飢えの恐怖が勝った。幸甚は岩陰から飛び出した。背嚢を――握り飯を失ってはならない。

また空気を切り裂く音。首をすくめたが遅かった。後頭部に強い衝撃を受けて幸甚は倒れた。

意識が急速に薄れていった。

9

身体を強く揺すられて幸甚は目を開けた。頭がひどく痛む。視界もかすれていた。

「だいじょうぶか、幸甚。おい」

聞き覚えのある声だった。瞬きを繰り返すと視界がはっきりしてきた。

「金城さん……」

手足が動く。頭は痛いが重傷ではないようだった。

「背嚢《はいのう》は？　ぼくの背嚢」

「背嚢？　おれが来たときにはそんなものはなかったぞ」

幸甚は跳ね起きた。鋭い痛みに手で頭を押さえた。出血している。砲弾の破片が頭を掠《かす》めたのかもしれない。そっと手を離してみる。掌《てのひら》が血まみれになっていた。

背嚢はどこにも見当たらなかった。気を失っている間にだれかが持ち去ったのだ。

「ぼくの握り飯が……」

幸甚はうなだれた。

「飯より命が大事だろう」

金城が呆《あき》れたように言った。金城は腰に軍刀を差していた。

「その軍刀……」

「篠原中尉のを借りた。これで藤田を斬る」

「金城さん、みんな心配してます。隊に戻りましょう」

「藤田を殺したら戻るさ」

「金城さん……」

金城の目は潤み、ぎらついた光を放っていた。

「あいつは篠原中尉が死んだとたん、逃げ出したんだ。普段は偉そうなことを言っていたくせに、勤皇隊だけじゃなく、部隊の仲間も見捨てて逃走した。絶対にゆるせない。篠原中尉だってゆるさないはずだ。だから……」

金城は軍刀を抜き放った。よく手入れされた刀身が金城の目によく似た光を宿している。

「こいつであいつを斬る」

「金城さん……」

「おまえ、おれを捜しに来たのか?」

「あんな人を殺してどうなるんですか。篠原中尉も喜びませんよ」

「もう決めたんだ」

金城は魅入られたように刀身を見つめていた。

「ぼくと一緒に隊に戻りましょう」

「おまえひとりで戻れ。藤田は喜屋武《きゃん》に向かった。おれも後を追う」

「どうしてもそうすると言うなら、ぼくも一緒に行きます」

金城は刀身から幸甚へ視線を移した。

「馬鹿を言うな。怪我人は足手まといだ」

「これぐらいへいっちゃらです」

「おまえには関係ないだろう」

「島袋忠という師範学校の勤皇隊員を捜しているんです。昨日、南下してきた部隊が喜屋武に到着したと聞きました。もしかすると、そこに師範学校の勤皇隊員がいるかもしれない」

「だれだ、その島袋っていうのは」

「近所の知り合いです。お母さんが安否を気遣っていて……」

突然、金城が笑い出した。

「おまえの両親だっておまえのことを心配してるだろうよ。それなのに、他人のために戦場を歩き回るっていうのか」

「忠さんがぼくの立場なら、きっと必死に捜してくれると思います」

金城は笑うのをやめ、真顔になった。

「おまえはいいやつだな、幸甚」

「なんですか、突然」

「思ったことを口に出しただけだ。ちょっと傷を見せてみろ」

幸甚は素直に頭を下げた。痛みが集中する周辺を金城の指が這っていく。

「破片が掠めたんだな。ほんの少しずれていたら命がなかった」

「艦砲射撃です。背嚢を守ろうとして……」

「握り飯ならおれも少し持ってる。心配するな」

「お米はどうしたんですか？　ぼくは煙草と交換してもらったんですが」

「盗んだ」

金城は屈託のない声で言った。

「そんな……」

「盗まれた人は困っているだろうが、おれも生きなきゃいけない。あいつを殺すまでは」

声はいつもと変わらなかったが、金城の目尻は吊り上がっていた。その顔つきは藤田伍長によく似ていた。

＊　＊　＊

金城と肩を並べて歩いた。傷口は金城が布を裂いて作った包帯で縛ってある。足を踏み出すたびに痛みが走った。背嚢がなくなったせいで身軽だったが、心許《こころもと》なさの方が強かった。

夜を徹して歩き、空が白みはじめるころには喜屋武の集落が視界に入ってきた。人々が家からぞろぞろと出てくる。軍に壕を追い出され、米軍の攻撃がない夜はしかたなく家で寝ているのだろう。

金城が近くを通りかかった老人に一昨日到着したという部隊のいる壕の場所を訊いた。

「それから、こういう軍人を見ませんでしたか？」

金城は藤田伍長の容姿を老人に伝えた。だが、老人は首を振っただけだった。

「あんたらもうろうろしてないで、どこかに隠れていないと砲弾の餌食になるぞ」

老人は強い沖縄方言で言い、幸甚たちに背を向けた。

「行こう」

金城に促され、教えられた壕を目指した。集落から一キロほど北に歩くとそこが目的地だった。

「すみません」

壕の中に声をかけると荒《すさ》んだ表情の兵士が姿を現した。

「ここはだめだ。他へ行け」

　横柄な態度と声だった。金城の耳たぶが赤く染まっていく。この兵士といい藤田伍長といい、どうしてひどい軍人は喋り方が似ているのだろう。

「人を捜しているんです。藤田伍長という方がお見えになってませんでしょうか？」

「ああ。名前は覚えとらんが、真夜中にだれか来たな。所属部隊とはぐれてしまったから一緒に行動させてくれと言ってきた。どうせ食料が目当てだろうから、追い出したがな」

「その人はどっちへ行きましたか」

「真夜中だと言っただろう」兵士は声を張り上げた。「暗くてどっちに行ったかなどわかるか」

　金城の耳たぶがさらに赤くなっていく。幸甚は笑顔を浮かべ、金城と兵士の間に割って入った。

「ここの部隊に鉄血勤皇隊はいますでしょうか？」

「おまえらがその勤皇隊だろう」

「ええ。ぼくらは一中鉄血勤皇隊なんです。師範学校の勤皇隊は……」

「ガキを連れて歩く余裕などない。首里から転進する時は一緒にいたが、途中で中尉殿が解散させた」

「そんな……」

阿鼻叫喚の戦場で装備もろくに整っていない勤皇隊を解散させた。死ねと言ったのと同じだった。

「なんだその顔は？　中尉殿の命令に文句があるのか」

兵士の顔が歪んでいく。幸甚は力なく首を振った。

「どうもありがとうございました」

兵士に背を向け、金城の腕を引くようにして壕から遠ざかった。

「信じられない。戦場で解散させるなんて」

「うちは篠原中尉がいたからましだったんだ」金城が言った。「篠原中尉は特別だ。他の部隊なんて、みんな藤田やさっきの兵隊みたいなのばかりだろう。他の学校の勤皇隊員たちはおれたち以上に苦労しているに違いない」

篠原中尉の指揮下にあってさえ、首里転進後の日々は過酷の一語に尽きた。それを上回る苦難など想像もできない。

「みんな生きてるでしょうか？　師範の生徒たちだけじゃない。うちの通信部隊の連中だって」

他の部隊と連絡を取り合うために組織された勤皇隊による通信部隊はなにかがあるたびに戦場に送り出されていた。

「神のみぞ知るだ。思い悩んでもしょうがない。おれたちはおれたちが生き延びることだけを考えるんだ」

「これから、どうします？　藤田伍長の行方もわからないし、師範の勤皇隊のことも……」

「とりあえず、喜屋武の集落へ戻る。あそこの人たちに話を聞けばなにかわかるかもしれないしな。その前に腹ごしらえをしよう」

金城は道を逸れ、ガジュマルの木の下に腰を下ろした。背嚢から包みをとりだし、広げる。拳骨ほどの大きさの握り飯が三つ入っていた。

「ただ米を丸めただけの握り飯だ」

「いただきます」

幸甚は握り飯を手にとった。

「おい、貴様ら」

握り飯にかぶりつく前に恫喝《どうかつ》するような声が飛んできた。ぼろきれのようになった軍服姿の兵士がふたり、こちらに近づいてくる。

「その握り飯をこっちによこせ」

兵士たちは拳銃一つ身につけてはいなかった。どこかの戦場から命からがら逃げてきたのだろう。手にした枯れ枝を振りあげて威嚇《いかく》してきた。

「飯さえよこせば命だけは助けてやる。それをおいてどこかへ消えろ」

「おまえたちにくれてやる飯なんかない」

金城が立ちあがった。

「なにを。ガキが生意気に」

ふたりの兵士が金城を前後に挟んだ。

「痛い目を見てから謝っても遅いんだぞ」

「どっちが痛い目を見るんだ？」

金城が軍刀を抜いた。兵士たちが目を丸くした。

「ちょ、ちょっと待て。本気じゃないんだ。からかってみただけだ」

「黙れ」

金城は軍刀を振りかざし、手前にいた兵士に斬りかかった。鋼が空気を切り裂き、兵士のぼろぼろの軍服にさらなる切れ目を入れた。

「な、なにしやがる」

兵士は腰を抜かして尻餅《しりもち》をついた。

「黙れ。民間人を守るべき兵隊が強盗みたいな真似をしやがって。恥を知れ」

金城が再び軍刀を振りかざした。

「金城さん。だめです」

幸甚は金城に飛びつき、腰にしがみついた。

「幸甚、放せ。こいつらをぶった斬ってやる」

「だめです。だめですったら」

幸甚が金城を押さえている間に兵士たちは逃げていった。

「どうして止めるんだ、幸甚。あんなやつら、生きてたってしょうがない。どうせ、おれたちより力のない人間から食い物でもなんでも奪っていくんだ。殺した方が世のためだ」

金城は軍刀を鞘《さや》におさめた。

「それでもだめです。金城さんが殺してもいいのは米兵だけです」

幸甚は金城の目を見て言った。

10

西の空に分厚い雲が垂れ込めていた。海に面した南以外のあらゆる方向から爆音が響いてくる。悲鳴は聞こえない。禍々《まがまが》しい炸裂音《さくれつおん》がすべてを飲み込んでしまうのだ。

飛行機の音が聞こえるたびに足を止め、物陰に隠れた。トンボが上空を旋回し、その後にグラマンがやって来る。グラマンは手当たり次第に弾丸をばらまき、また飛び去っていく。その繰り返しだ。グラマンが飛び去った後の地上には、きっと夥《おびただ》しい数の死体が転がっているのだ。

幸甚も金城も無言で歩いた。大量殺戮《さつりく》が行われているまっただ中で吐き出すべき言葉はどこにも見つからない。すれ違う人々も一様に無言だった。

喜屋武《きやん》の集落も静まりかえっていた。住民も避難してきた人々も、空が明るい間はグラマンの襲撃や艦砲射撃に怯え、家を出てどこかの壕に隠れているのだ。

「ここに入るぞ」

金城はそう言って、民家の庭に無断で入っていった。

「金城さん……」

「なにか食料になりそうなものを探すんだ」

「それじゃ泥棒じゃないですか」

「飢えて死ぬのとどっちがいい？」

幸甚は口をつぐんだ。金城は正しい。今は戦時下で、ここは戦場のまっただ中なのだ。生き延びるためにはなんだってしなければならない。

数軒の民家を探し回ったが、見つかったのは小さな甕の底にたまっていた一握りの塩だけだった。

「なにもないよりはましか」

幸甚の見つけた塩を見て苦笑しながら金城は地面に腰を下ろした。

「炊きたての飯、腹一杯食べたいなあ」

「食べたいですね」

幸甚も金城の横に座った。動くたびに胃が鳴った。

「最後に腹一杯食べたのはいつだ？」

「首里の壕にいる時です。おかずはたいしてなかったけど、米だけはありました」

「あの時は米だけだなんてやってられるかって言ってたのにな。今は米だけでもいい。いや、米だけ腹一杯食べたい」

口の中に唾液が溢れてきて、幸甚は慌ててうなずいた。

「幸甚、今まで食った中で一番うまかったものはなんだ？」

家の食卓が脳裏に浮かんだ。湯気を立てる炊きたてのご飯、味噌汁、昆布を炒《いた》め煮したイリチー。そして、両親と妹の笑顔。口の中に唾液がたまり、胃が鳴り、目に涙が滲んだ。

「母の作る料理です。なんでもうまいです」

「うちの母ちゃん……おふくろはあんまり料理が上手じゃないんだ。時々叔母さんの家でごちそうになるんだが、叔母さんの料理はうまい。でも、一番うまかったのはビーフシチューってやつだな」

「ビーフシチュー？」

「二年前、親父《おやじ》に連れられて東京に行ったことがあるんだ。その時、親父が奮発して洋食屋に連れて行ってくれた。そこで食べたのがビーフシチューだ。あれは本当にうまかった」

ビーフというからには牛肉を使った料理なのだろう。だが、実際にそれがどんな料理なのかは想像もつかなかった。

「どんな味がするんですか？　どんな料理なんですか？」

「こんな感じなんだ」

金城は近くに落ちていた小枝を拾い上げ、地面に絵を描きはじめた。皿の上に肉のかたまりらしきものが載り、汁の上に浮いているらしい。

「汁の色は焦げ茶だ。最初はこんなもの食えるのかと思うが、食べると驚く。今まで食べたことのない味だけど、とにかくうまいんだ」

金城の胃も鳴っていた。幸甚はこみ上げてくる笑いをこらえた。いつ死ぬかもしれないという恐怖と常に戦っているのに、今はこうして地面に食べ物の絵を描いて胃を鳴らしている。滑稽だった。とても悲しくて、同時にとても滑稽だった。

＊　＊　＊

陽がかげってきた。ひっきりなしに聞こえていた飛行機の音もやんでいる。どこかに隠れていた人々がひとり、ふたりと集落に姿を現しはじめている。

金城が立ち上がり、そのなかのひとりに声をかけた。集落の人たちが隠れている壕の場所と藤田伍長のことを訊いている。

　幸甚は金城に背を向け、集落の外に出た。東側からこちらに向かってくる人影が見えたのだ。人影は走っているようだった。

「具志堅《ぐしけん》先輩」

　幸甚は声を張り上げた。マッチ棒のように痩せて背の高い体つきは一年上の具志堅弘《ひろし》に違いない。

「おお、幸甚じゃないか。喜屋武の集落に大きな部隊が来たっていう話を聞いたんだが、どこにいるか知らないか？」

「どうしたんですか？」

「校長先生が負傷したんだ。今、米須《こめす》の第一外科壕で治療を受けているんだが薬品が足りないんだ。その部隊に薬品があればと思って」

「校長先生が？　傷はひどいんですか？」

「薬品が手に入らなければひどいことになると軍医が言っていた。部隊はどこだ？」

　幸甚は首を振った。幸甚たちを追い払ったやり方から見て、軍属とはいえ民間人の校長のために薬品を分けてもらえるとは思えない。具志堅にそのことを説明した。

「訊いてみなきゃわからないじゃないか。部隊はどこだ？」

具志堅は唾を飛ばして幸甚に迫ってきた。幸甚は部隊が逃げ込んでいる壕の場所を教えた。具志堅が身を翻し、駆けていく。その背中を見つめながら金城が集落から出てきた。

「あれは具志堅じゃないか。どうしたんだ？」

「校長先生が負傷したと言っていました。薬品を分けてもらうためにここにやって来た部隊を探しているって」

「あいつらが薬を分けてくれるはずがない」

「ぼくもそう言ったんですが……」

「校長はどこにいるんだろう？」

「米須の第一外科壕だそうです」

米須というのは伊原《いばる》と摩文仁《まぶに》の真ん中あたりの集落だった。

「きっと重傷なんだな」

「ええ。薬品が足りないみたいなんです」

金城は唇を嚙み、空を見上げた。西の空はまだ明るいが、東の空は暗くなりつつあった。

「第一外科壕まで行ってみよう」

「はい」

幸甚はうなずき、金城と肩を並べて歩きはじめた。

＊　＊　＊

一中鉄血勤皇隊員の十人ほどが第一外科壕の前でうなだれていた。

「校長先生はどうした？」

隊員たちの背中に金城が声をかける。だれも振り返らなかった。だれもが嗚咽している。

「そんな……」

幸甚は絶句した。篠原中尉に次いで校長も戦死したというのか。だとしたら、鉄血勤皇隊はどうなるのだろう。

泣くだけの勤皇隊員たちに業を煮やしたのか、金城が隊員たちを押しのけ、壕に入っていった。

「あ、金城さん――」

幸甚も後を追う。壕の中は饐《す》えた匂いがした。排泄物《はいせつぶつ》や肉の腐った匂いが至るところから立ちこめてくる。岩肌をくりぬいて作った部屋がいくつも並んでいた。通路の奥で一中の教師たちが話し込んでいる。

「解散ですか？　生徒たちはどうなるんです？　見捨てるというんですか？」

「篠原中尉も校長も戦死した。指揮系統が確立できないということは、もう軍隊の体《てい》を成していないということだ。解散せざるを得ないだろう」

「それはわかります。しかし、生徒たちは……」

「各自で生徒たちを引率し、生存に努める。それしかないでしょう」

金城が急に立ち止まり、幸甚はその背中にぶつかった。金城は剃刀《かみそり》のように細めた目で教師たちを見つめている。

「金城さん……」

「だれだ？」

幸甚の声に反応したのは金城ではなく教師たちだった。

「五年生の金城と三年生の真栄原です。校長先生が戦死したと聞いてやって来ました」金城のよく通る声が壕の中に響いた。「校長先生に別れの挨拶をさせてください」

「それは後ほど、鉄血勤皇隊員全員で……」

金城を止めようとした教師を別の教師が遮った。

「いいだろう。校長先生はこちらで眠っておられる」

教師は自分たちの目の前の部屋を指さした。金城がその部屋に入っていく。幸甚は教師たちに黙礼して後に続いた。

校長は板きれの上に横たわっていた。ズボンが血まみれで、顔には白い布がかけられている。銃で撃たれたか、砲弾の破片にやられたか。いずれにせよ、死因は出血多量によるものだろう。

「校長先生」

幸甚は遺体に向かって合掌し、目を閉じた。涙がこみ上げてくる。級友が戦死するたびに涙も涸れ果てたと思うほど泣いてきた。それでも、新たな死に出くわすたびに涙は湧いてくる。

校長が好きだったわけではない。本土から来たことを鼻にかけ、なにかと生徒たちを見下すような態度を取る人だった。それでも、ここまで一中鉄血勤皇隊を引率し、まとめ上げてきたのだ。

ひとり、またひとりと斃《たお》れていく。この戦争が終わるまで、どれだけの隊員が生き延びることができるのだろう。

いや。そもそもこの戦争は終わるのだろうか？

幸甚は目を開け、涙を乱暴にぬぐった。傍らで金城が身じろぎもせずに校長の遺体を見下ろしている。その双眸《そうぼう》は新月の夜のように暗く、目に映るものすべてを飲み込んでしまいそうだった。

「金城さん」

「ああ、出よう」

金城は神経質な瞬きを繰り返し、校長に背を向けた。

教師たちの議論は終わっていなかった。隊を解散するのか否か。結論がどうなるのか聞いてみたかったが金城は立ち止まることなく壕の出口に向かっていく。後ろ髪を引かれる思いで金城に続いた。

「金城、これからどうなると思う？」

壕を出ると、入口を取り囲んでいた隊員のひとりが金城に声をかけてきた。五年生の仲地《なかじ》だった。

「おれが知るわけないだろう」

金城がつっけんどんに応じた。

「中で先生たちが話し合ってただろう？」

「ああ。解散みたいだな」

「解散？　勤皇隊が？　そんなことってあるかよ。おれたちはどうなるんだ？」

「各自で道を切り開けってことだろう。民間人と一緒に隠れているのもいいし、国《くに》頭《がみ》突破をはかって北に逃げるのもいい。アメリカに降伏したっていいんだ」

「金城、貴様」仲地が拳を振り上げた。「鬼畜米英に降伏するつもりか？」

仲地の両目は吊り上がっていた。降伏などもってのほかだ。死地に追い詰められたら皇民の誇りを持って自決しろ。そう教わってきたのだ。降伏という言葉を耳にしただけで怒りに頰が赤くなる。幸甚もかつてはそうだった。

「おれは降伏なんかしない。やることがあるからな」

金城は仲地の拳を下におろさせた。

「な、ならいい」

仲地は激高して自分を見失ったことを恥じるようにうつむいた。

「仲地、おれたちはいい。おれたち五年生は。だが、やつらはどうする」

金城は三年生の一団を指さした。だれもががりがりに痩せこけ、小学生のようにしか見えなかった。それは幸甚も同じだ。

「まだ子供だ。あいつらにも降伏するより死を選べと言うのか?」

「当たり前だ」仲地は唾を飛ばした。「子供だろうがなんだろうが、天皇陛下の民であることに変わりはない。鬼畜米英に辱《はずかし》めを受けるぐらいなら潔く死ねばいい」

金城は反論する代わりに憐れむような目を仲地に向けた。

「そうか」

ぼそりとつぶやき、隊員たちの輪から離れていく。幸甚はその後を追った。

「どこに行くんですか?」

「先生たちの話を聞いていただろう。勤皇隊は解散だ。おれは藤田を追う」

「でも、先生たちが引率するっていう話もしていました」

「だから、おまえは残れ。残って、生き延びろ」

「ぼくも一緒に行きます」

幸甚は金城の目を真っ直ぐに見つめた。金城がたじろいだ。

「なんだって?」

「金城さんについて行きます」

「おれの言ったことが聞こえてなかったのか?」

「聞こえてましたよ。生き延びろって。だから、金城さんについていくんです」

「幸甚……」

「先生たちはあてになりません。隊員たちも……金城さんと一緒なら生き延びることができると思うんです」

「買いかぶりだ。おれは藤田を見つけ、殺し、自決する。おまえの面倒を見ている余裕なんかない」

　金城を死なせはしない。だからこそ、ついていくのだ。

「面倒を見てもらおうなんて思ってません。ただ、グラマンがやって来た時、砲弾が撃ち込まれた時、金城さんなら的確に判断して逃げることができると思うんです。ぼくはそれに従います。それだけです。お願いします」

　幸甚は深々と頭を下げた。そのままの姿勢で金城の言葉を待つ。最初に舌打ちが聞こえた。

「しょうがないな」

「ありがとうございます」

　幸甚は頭を上げた。金城はもう歩きはじめていた。

11

唸《うな》りを上げた砲弾が空気を切り裂きながら飛んできた。道を行き交っていた人々が蜘蛛《くも》の子を散らすように逃げはじめた。

「幸甚」

促されるまでもなく、幸甚は金城と一緒に近くにあった大きな岩の陰に飛び込んだ。砲弾が炸裂し、地面が激しく揺れた。凄まじい爆発音に耳がきかなくなる。砲弾は次々に飛んできた。両手で頭を抱え、身体を丸くする。砲弾の破片が近くを飛んでいく。熱を持った空気が唸りを上げている。目はもちろん、口も開けられない。鼻で息をし、歯を食いしばる。

隠れている岩を砲弾が直撃したらおしまいだが、容赦ない砲撃にさらされていては一歩も動くことができなかった。

すぐそばで鈍い音がした。思わず目を開き、そちらを見る。血まみれの脚が転がっていた。太股《ふともも》の付け根からもげた脚は骨と筋肉と脂肪が剝き出しになって地面の上を跳ねている。砲撃が凄まじく、地震のように大地が揺れているのだ。地面が濡れて見えるのは砲撃の犠牲になった人たちの血だろうか。

　幸甚はきつく目を閉じた。神でも仏でもなんでもいい、祈りを唱えながらひたすら耐えるしかないのだ。

　かなり近くで砲弾が炸裂した。爆風が吹きつけてくる。幸甚は金城の身体に自分の身体を押しつけた。金城も激しく震えている。

「頑張れ」

　砲弾の間隙を縫うように金城の声が聞こえた。

「頑張れ、幸甚、頑張るんだ」

　励ましの言葉にうなずくこともできず、幸甚はただ耐えた。こんなこと、永遠には続かない。続くはずがない。耐えていれば、そのうち終わる。必ず終わる——

　ふいに爆風が途絶えた。爆発音も消え、大地の揺れもおさまっている。

　幸甚はおそるおそる目を開けた。土埃で視界が霞《かす》む。金城が首を伸ばし、岩の向こうを覗いていた。砲撃がやんだからといってうかつに姿をさらすわけにはいかない。

　遠くで爆発音が轟いた。一キロほど離れた西の方角だ。米軍は砲弾を落とす地点

「もう大丈夫だ」

金城が言った。耳鳴りが酷くて声が聞き取りにくい。何度も頭を振ったが耳鳴りはおさまらなかった。

金城と一緒に岩陰を出て幸甚は凍りついた。地形が一変していた。道だったところはえぐられ、小さな丘は削られ、樹木が姿を消していた。

まるで巨大な怪物かなにかが通り過ぎた後のようだ。

「なんてことだ」金城が言った。「幸甚、米軍はすぐ近くまで進軍してきているぞ」

幸甚はうなずいた。昨日まではこの一帯は比較的安全に通行できた。それが一夜で変わった。西の方への砲撃はまだ続いている。米軍がさらなる南進のためにあちこちに砲弾を撃ち込んでいるのだ。

「金城さん、急ぎましょう」

喜屋武《きやん》の集落まではあと一、二時間の距離だった。

「ああ。出発する前にやることだけはやっておこう」

金城は近くに倒れている人のもとへ駆けていった。近寄らなくても事切れていることはわかる。男か女かの判別も難しかったが、その人の右腕は肘から先が消失し、腹は血まみれで腸《はらわた》が飛び出していた。ぴくりとも動かない。

金城は死体をぞんざいに扱い、背負っていた背嚢《はいのう》を外した。

「金城さん」幸甚は駆け寄った。「お願いですからやめてください、そんなこと」

金城の肩に手をかける。金城が振り返った。金城は泣いていた。

「おまえもなにか探してこい。食い物だ」

「死んだ人からものを奪えって言うんですか？」

「周りを見ろ」

金城の声に、幸甚は反射的に視線を左右に走らせた。どこかに隠れて砲撃をやり過ごしてきた人々が姿を現していた。だれもが死体の持ち物をはぎ取っていた。

「奪うんじゃない」金城が叫んでいる。「生き延びるために使わせてもらうんだ。死人が持っているより生きてる人間が持っていた方が意味があるからそうするんだ」

背嚢の中身が地面にぶちまけられた。

「急げ、幸甚。ぼやぼやしているとなにも手に入らないぞ」

幸甚は背中を蹴飛ばされたかのように走り出す。こみ上げてくる涙を懸命にこらえながら、目にとまった死体に向かって駆けていった。

＊　＊　＊

戦利品は牛肉の缶詰がひとつと真新しい地下足袋が三足だけだった。地下足袋は金城の足には小さすぎたが幸甚にはぴったりだった。新しい地下足袋を履くと、この先も生きていく力が湧いてくるような気がした。

「この缶詰は今は食べないでとっておこう」

金城がそう言い、缶詰を自分の背嚢にしまい込んだ。幸甚も死体から背嚢を拝借しようと思ったのだが、どれもこれも血まみれか砲弾の破片に引き裂かれて使い物にならなかった。

「それもよこせ」

幸甚は金城の言葉に首を振った。残った二足の地下足袋を懐に押し込んだ。

「ぼくが持ってます」

「好きにしろ」

金城は微笑んで背嚢を背負った。

砲撃の音は鳴り止むことがなかった。しかし、砲弾が近くに飛んでくることはない。米軍の目は別の地域に向けられている。金城と幸甚は空に目を光らせ、耳を澄ませながら黙々と歩いた。

喜屋武の集落に辿り着いた時には陽もだいぶ傾いていた。今日の米軍の攻撃もそろそろ終わると予想した人々が集落に集まりはじめている。

「おい、君たち」年配の男が声をかけてきた。「かなり砲撃が激しかったが、米軍はどこまで来ているんだ？」

「わかりません。ぼくらも命からがら逃げてきたんです。近くの壕に隠れている部隊がなにか知っているんじゃないですか？」

金城が言った。年配の男は首を振った。

「あの部隊は解散したよ。士官たちは姿を消して、指揮系統を失ってごろつきみたいになった兵隊たちが壕に立てこもっている。やつら、わしらから食料や衣類を奪っていくんだ」

「解散？」

「まっとうな兵隊たちは国頭《くにがみ》突破をして別の部隊と合流すると言って壕を出て行った。もう、わしらはおしまいなんだろうか？」

「そんなはずはありません」幸甚は叫ぶように言った。考えるよりも先に言葉が迸《ほとばし》る。「いずれ、本土から援軍が来ます。そうなったら米軍は一網打尽です。それまでがんばり抜くんですよ」

金城の視線が横顔に突き刺さっている。それでも、幸甚はもはや自分でも信じていない言葉を羅列せずにいられなかった。

「本当に援軍は来るのか……」

「来ますよ。皇軍が味方を見捨てるはずがありません」

男は力なく首を振るだけだった。

「ある兵隊を捜しているんですが」

金城が男に藤田伍長の姿格好を説明しはじめた。幸甚はふたりから離れ、喜屋武の集落を行き交う人々をぼんやりと眺めた。集落の周辺には老人と女性、子供しかいない。だれもが痩せ細り、途方に暮れたような表情を浮かべていた。

「幸甚、行くぞ」

金城の声に我に返り、幸甚は瞬きを繰り返した。

「行くってどこへ？」

「藤田が壕の近くにいたらしい。急げ」

「本当ですか？」

返事はなかった。金城は部隊が潜んでいる壕に向かって駆けだしていた。幸甚は慌てて後を追った。

辺りは暗くなりつつあった。集落から遠ざかるにつれて人の姿が減り、禍々しい空気を孕《はら》んだ闇がそこかしこに姿を現していく。本来は人の心に恐怖を呼び覚ますはずの闇が人々のよすがになっている。米軍の攻撃を止めてくれるからだ。

その闇の中を金城が疾駆していく。まるで獲物を見つけた獣のようだった。金城が立ち止まった。部隊が立てこもっている壕が目の前にある。

壕からは米を炊く匂いがした。金城の喉仏がごくりと動いた。幸甚も同じだった。匂いを嗅いだ途端、忘れようと努めてきた空腹が襲いかかってきたのだ。

食べたかった。腹一杯食べたかった。食べることさえできればここで死んでも悔いはない――本気でそう思っていた。食べることが生きることなのだ。食べられないなら生きている意味がない。

幸甚は金城の背嚢を見つめた。あの中に牛肉の缶詰が入っている。あれを食べれば飢えを癒《いや》すことができる。あれを食べれば――

「すみません」

金城が壕の中に声をかけた。幸甚は金城から目をそらし、口の中に溜まった唾液を飲み下した。

「民間人はこの壕に近寄るな」

中から下品な声が返ってきた。

「人を捜しているんです。この壕に藤田伍長という人はいませんか？」

「人捜しだ？　そんなことを言って、おれたちの食い物を掠めるつもりだろう。ぶち殺すぞ。死にたくなかったらとっとと失《う》せろ」

中から聞こえてくる声は殺気立ちはじめていた。

「藤田という伍長を知りませんか？」

金城はなおも食い下がった。突然、銃声が響いた。金城の肩のあたりに血飛沫《ちしぶき》が舞い、金城は真後ろに倒れた。

「貴様ら、これ以上しつこくすると本当に撃ち殺すぞ」

幸甚は金城に駆け寄った。金城の左肩が血で濡れていた。

「あいつら、本当に撃ちやがった」

金城の唇は乾き、激しく震えていた。

「早く失せろ」

壕の中から狂気を孕んだ声が響いてくる。幸甚は金城を引きずって壕から離れた。そのままじっとしていたら蜂の巣にされる。壕から聞こえてくる声はそれほど禍々しかった。

「金城さん、だいじょうぶですか？」

大きな岩の陰に金城を横たえた。

「あいつら、同胞を撃ちやがった」

金城は譫言《うわごと》のように呟いた。痛みのせいか、目が泳いでいる。幸甚は金城の服を引きちぎった。鎖骨の上の皮膚がえぐられ、肉が剝き出しになっていた。

「背嚢をおろしますよ、金城さん。傷口をなんとかしないと」

金城の反応は鈍かった。幸甚は金城の背中から背嚢をおろさせ、中身をあらためた。洗ったまま使っていないふんどしを見つけ、それで金城の左肩をきつく縛った。

金城が顔をしかめ、呻く。

「痛みますか？」

「焼けた火箸を押し当てられているみたいだ……」

金城は背中を丸めた。そして「本当に撃ちやがった」と繰り返した。

「米須に戻りましょう。第一外科壕か、そこまで行けなくても途中に軍医のいる壕があったはずです。治療してもらわないと。立てますか？　背嚢はぼくが背負いますから」

「ぐ、軍刀を……」

篠原中尉の軍刀は金城が撃たれた付近に転がっていた。あそこへ行けばまた撃たれるかもしれない。

「金城さん」

「頼む、幸甚。軍刀を……あれは中尉の形見の品なんだ」

うなずくしかなかった。幸甚は生唾を飲み込み、壕の様子をうかがった。相変わらず米を炊く匂いが流れてくるが、あの禍々しい声は途絶えている。

大きく息を吸い込み、呼吸を止めた。一気に駆け出す。転がっている軍刀を拾い上げ、回れ右をした。銃声が立て続けに起こった。地面から土埃が舞う。心臓が口から飛び出しそうだった。遮二無二金城のところまで駆け戻った。うずくまり、吐き気をこらえる。吐くものなどなにもないはずなのに間断なく吐き気が襲ってきて
幸甚は何度もえずいた。

「だいじょうぶか、幸甚？」

「は、はい。弾丸は当たっていないみたいです」

「獣め」金城は血走った目を壕に向けた。「幸甚、おれの背嚢の中に手榴弾が一発入っている。出してくれ」

「手榴弾？　なにをするつもりですか？」

「決まってるだろう。おれたちを撃ったやつに思い知らせてやるんだ」

「馬鹿なことを言わないでください。友軍に手榴弾を投げつけるというんですか？」

「友軍？　ふざけるな。あいつらはおれたちを撃ったんだぞ。虫けらを踏みつぶすみたいにおれたちを殺そうとしたんだ」

「そんなことより金城さんの治療が先です。立てますか？」

幸甚は金城に軍刀を渡し、背嚢を背負った。金城は軍刀を杖《つえ》の代わりにしてよろめきながら立ち上がった。

「ぼくの肩につかまってください」

「だいじょうぶだ。ひとりで歩ける」

金城の顔は汗でびっしょり濡れていた。肩に巻きつけたふんどしはすでに全体が真っ赤に染まっている。急いで止血しなければ大変なことになるのは明らかだった。

「こんな時に意地を張らないでください。金城さんが死んだら、ぼくはどうしたらいいんですか」

幸甚は叫ぶように言った。

「すまん、幸甚。でも、おまえの肩を借りるより、こうして歩いた方が楽だと思う」

金城は右手に持った軍刀の先を地面につけ、身体を斜めにかしがせながら歩きはじめた。

米軍の攻撃の音があちこちから聞こえてくる。幸甚は目を凝らし、海を見つめた。遠く沖合に米艦隊が集結していた。砲門がこちらを向き断続的に煙を吐き出している。

南下してきた守備隊を殲滅《せんめつ》するため、米軍は本格的な攻撃に乗り出してきたのだ。

「金城さん」

「どうした？」

「なんでもありません」

幸甚は口をつぐんだ。金城の顔は死人のように青ざめていた。今さら艦隊のことを教えたところで金城の慰めには決してならない。

ぼくが守るんだ――幸甚は声に出さずに呟いた。

金城さんはぼくが守るんだ。

12

その壕の入口は見るも無惨な姿に変貌を遂げていた。入口が土砂で埋まり、その手前に穴が大きな口を開けている。

砲弾の直撃を食らったのだ。

気力が尽きたのか、金城がその場にくずおれた。この壕には間違いなく軍医と彼を補佐する女学生たちがいたはずだ。第一外科壕まではまだ相当の距離がある。金城がそこまで歩けるかどうかは疑問だった。

「金城さん」

幸甚は地面に膝をつき、金城を支えた。いろいろなものが焼け焦げた匂いが強く立ちこめている。気をつけていないと息をしただけで噎《む》せてしまいそうだった。砲弾がここを直撃してからまだそんなに時間は経っていない。

「金城さん、ここにいてください」

幸甚は土砂で塞がれた壕の入口に駆け寄った。

「だれか。だれかいませんか?」

声を張り上げる。入口付近は皮膚が火傷《やけど》しそうに熱かった。

「おーい、聞こえますか」

中からなにか音がしたような気がした。幸甚は辺りを見渡した。なにもかもが吹き飛ばされるか燃えるかして石ころぐらいしか見あたらない。

「金城さん、軍刀を貸してください。まだ中に人がいるかもしれません」

金城はうなずいただけだった。幸甚は軍刀を受け取り、入口を塞ぐ土砂を掻き出した。

「おーい、おーい。聞こえますか? だれかいませんか?」

返事はない。しかし、間違いなく土砂の向こうから音がする。

「今、助けます。頑張ってください。諦めないで」

必死で両手を動かした。あっという間に身体が汗まみれになり、呼吸が荒くなる。きつい匂いにめまいがしそうだった。入口の上の方に軍刀の先端を突き立てては引っこ抜く。繰り返しているうちに手応えがなくなった。わずかな隙間が開いている。

「だれか。聞こえますか?」

中に向かって叫んでから耳を澄ませた。だれかの啜《すす》り泣く声が聞こえた。幸甚は軍刀を足もとに投げ捨て、両手で土砂を掻き出した。少しずつ隙間が広がっていく。腐臭に似た強烈な匂いがその隙間から外に流れ出てきた。

「聞こえますか。助けに来ました」

幸甚は叫び、土砂を掻き出し続けた。啜り泣きはまだ続いている。苦痛に呻《うめ》く人間の声も聞こえてくる。

「もうすぐです。もうすぐ外に出られますよ」

なにかが指先に触れた。幸甚はそれを摑み、土砂から引き抜いた。千切れた人間の腕だった。まだ体温が感じられた。悲鳴を飲みこみ、腕をそっと地面に置いた。振り返る。金城は地面に横たわり、目を閉じていた。眠っているかのようだった。

作業を続けた。土砂を掻き出すたびに人体の一部が見つかった。どれもこれも男のものではない。この壕で負傷兵の看護に当たっていた女子学生たちの無残に変わり果てた姿だった。

一体、ここで何人が犠牲になったのだろう。涙がこみ上げてくる。土砂で遮断された壕のこちら側で幸甚が啜《すす》り泣き、壕の内側でだれかが啜り泣く。幸甚は泣きながら腕を動かし続けた。

やがて、人がひとり通り抜けられるほどの空間ができた。

「おーい、外に出られますよ。敵もいないし砲弾も飛んでこない。はやくこっちへ。外に出てきてください」

「怪我人がいるの。動けないのよ」

涙に濡れた女性の声が響いた。壕の中は真っ暗だった。幸甚は背嚢《はいのう》の中をあらためた。マッチ箱がひとつ見つかった。

「金城さん、このマッチ使ってもいいですか？」

金城は目を開けずにうなずいた。幸甚は壕の中に身体を入れ、マッチを擦った。ほのかな明かりが壕の内部を浮かび上がらせる。壁のいたるところに亀裂が入り、地面には石のかたまりが転がっている。米軍の砲弾が、壕の上部にある山の形が変わるほど撃ち込まれたのだ。その衝撃で壕の構造が崩れたのだろう。壕の奥がどうなっているのかは想像もつかなかった。

火が指先を焼いた。幸甚は慌ててマッチを投げ捨て、新しいマッチを擦った。足もとに気をつけながら壕を進んでいく。啜り泣きが途切れることなく続いている。

「今、そちらに向かってます。カンテラのようなものはありますか？」

「真っ暗でなにも見えないの」

声は想像していたより近くで響いた。

「それじゃ、怪我人の具合も？」

「痛がっているの。しかも、動けない。わかっているのはそれだけよ」

「あなたに怪我は？」

「わたしはだいじょうぶ」

声の主はそう言うと、また啜り泣きをはじめた。

何度もマッチを擦りながら泣き声のする方向に足を進めた。やがて、マッチの明かりが人影を浮かび上がらせた。女学生は座り込んでおり、その足もとに怪我人が横たわっている。ふたりの背後の通路は岩盤が崩れ、完全に塞がれていた。

「もう大丈夫ですよ」

幸甚はそっと声をかけた。啜り泣きがやんだ。同時にマッチの火が消えた。慌てて新しいマッチを擦った。

「一中鉄血勤皇隊の真栄原幸甚です」

「真栄原君？」女学生が驚きの声をあげた。「わたしよ。嘉数敏子。菊江さんの同級生の」

その声を聞いて思い出した。武富の集落で出会った女学生だ。

「生きていたんですね。よかった。とにかく、怪我人を外に運びましょう。明かりをつけてください」

幸甚はマッチ箱を敏子に渡した。敏子がマッチを擦った。敏子の足もとで呻いているのは同じ年頃の女学生だった。ほのかな明かりでははっきりと確認できないが、身体の下に血だまりがある。大量出血しているに違いなかった。

幸甚は彼女を背負った。脈は弱々しかった。

「他の人たちは？」

入口に向かいながら敏子に訊いた。

「わからない。入口近くにいた子たちは砲弾に吹き飛ばされてしまったの。彼女が盾みたいになってくれたおかげでわたしは助かったの。何度も爆発音がして地面が揺れて、壕の岩盤が崩れ落ちて……みんな、壕の奥にいたの。閉じ込められてしまった」

「なんとか助け出す方法を考えないと」

敏子が首を振る気配が伝わってきた。

「最初のうちは悲鳴や叫び声が聞こえていたの。でも、すぐになにも聞こえなくなったわ。みんな、死んでしまったのよ」

幸甚は唇を噛んだ。背負った女学生がかすかに呻いた。

「武富の集落で一緒だったぼくの同級生たちは？」

「途中で別れたから、その後のことは知らないの」

入口から射し込んでくる明かりが見えた。

「もうすぐです。外に出られますよ。頑張って」

「そうよ。頑張るのよ、民子《たみこ》さん」

敏子の声は妹をいたわる姉のようだった。ということは、民子と呼ばれた怪我人は下級生なのだろう。

入口にあいた空間の向こう側でだれかが動いていた。軍刀を使って空間を広げようとしている。

「金城さんですか？　無理はしないでください」

「声が聞こえたんだ。怪我人がいるんだろう？　このままじゃ、その怪我人を外に出すことができない」

「わたしも手伝います」

敏子が幸甚を追い越していった。もう、マッチは必要がない。敏子は内側から入口の土砂を崩しはじめた。

幸甚は怪我をした女学生を地面に横たえた。

「大丈夫ですか、民子さん」

声をかけ、肩を揺する。彼女の呼吸は浅かった。

「しっかりしてください。もうすぐ外に出られますから」

外に出られたからといって、助かるという保証はなにもない。医者も薬もないのだ。なにもない。それでも一縷《いちる》の希望に縋《すが》るしかないのだ。

民子の目が開いた。思っていた以上に幼い顔つきだった。

「どうしました？　民子さん？」

「お父さん、お母さん、お兄ちゃん……」

民子の目尻から涙がこぼれ落ちた。突然、民子の顔から表情が消えた。

「民子さん？　民子さん！」

幸甚は民子の身体を揺すった。だが、反応は一切なかった。民子は目を開けたまま死んでいた。幸甚は民子の目を閉じてやった。涙は出なかった。感情の噴出もない。心は虚ろで、民子の瞼に触れる自分の指先が他人のもののように感じられた。

「民子さん、もう少しよ。もうすぐ外に出られるから頑張るのよ」

敏子の声が響いた。

「嘉数さん」幸甚は呟くように言った。「もう、無駄です。彼女は死にました」

「もうすぐだからね。もうちょっと頑張るのよ」

幸甚の声は敏子には届いていなかった。だが、声を張り上げる気力が湧いてこない。

民子の両親や、兄はどんな人たちだったのだろう。きっと善良な人々だったに違いない。幸甚の肉親たちがそうであるように。

「貴子……」

幸甚は妹の名前を口にした。貴子はいまごろどこでなにをしているのだろう。両親と共にたくましく生き抜いていると信じて疑ったことはなかった。だが、もし貴子が民子と同じように理不尽な死に襲われ、死ぬ間際に自分の名を呼んでいたのだとしたらどうしよう。そんなことには耐えられそうになかった。

「真栄原君？　どうしたの？　民子さんになにかあったの？」

敏子が振り返り、こちらの様子をうかがっていた。

「民子さんは死にました」

幸甚は言った。

「嘘。嘘でしょう？」

敏子が駆け寄ってくる。幸甚はうつむき、泥で汚れた民子の頰を掌でぬぐった。

13

　敏子はわずかばかりの軟膏《なんこう》と包帯を持っていた。軟膏を金城の傷口に塗り、包帯できつく縛った。それで軟膏はなくなった。金城の顔色は相変わらず悪かった。

「あなたたちはどこへ行くの？」

「とりあえず、第一外科壕を目指します。金城さんの傷の手当てをちゃんとしてもらわないと」

　幸甚は答えた。

「わたしも一緒に行っていいかしら？」

「もちろんです」

「ありがとう。足手まといにならないようにするから」

　敏子の言葉に金城が不機嫌そうに顔をゆがめた。

「足手まといにならないようにしなきゃならないのはおれの方だけどな」

　金城は軍刀を杖代わりにして立ち上がった。身体に力が入ると痛みが増すのだろう。あっという間に顔中が汗まみれになった。

「畜生……」

「ぼくの肩につかまってください」

幸甚は言った。だが、金城はかたくなに首を振るだけだった。

幸甚を先頭に、金城、敏子の順で列を作って歩きはじめた。金城は精一杯の意地を張っているがすぐに呼吸が荒くなる。先を急ぐのは難しい。金城の歩く速度に合わせるほかはなかった。

いつの間にか爆発音もやんでいた。米軍も休息を取っているのだろうか。静かだった。鳥のさえずりも聞こえない。行き交う人の姿もなかった。緑豊かだった山や丘は米軍の苛烈な砲撃にその姿を変え、ただただ茶色い荒れ地と化している。だれもいない静かな荒れ地を三人で黙々と歩く。それはまるで黄泉《よみ》への道行きのようだった。

「だれもいないわ」

背後で敏子が呟くのが聞こえた。

「みんなどこかに避難したんですよ」

幸甚は強い口調で応じた。無数の死体がこの荒れ地の下に埋まっているという妄想が押し寄せてくる。そんなはずはない。みんなどこかの壕で息をひそめているのだ。そうに違いない。

幸甚は妄想を振り払おうと首を振った。空腹だった。喉が渇く。だが、食料はおろか、水汲み場さえ目に入らない。金城の唇は乾いてひびわれている。できるだけ早く水を確保する必要があった。

「第一外科壕へ行けば……」

「幸甚」

後ろで鋭い声がした。金城と敏子が地面に伏せていた。幸甚は同じように身体を伏せながらふたりの視線を追った。北側のまだかすかに緑が残っている丘の上に人影があった。米兵が三人。三人とも黒人兵だった。上半身は裸で、ふたりは自動小銃を抱えていた。もうひとりは銃に似たものを掲げ、背中になにかを背負っている。

黒人を見るのは初めてのことだった。その黒い肉体とぎらついた目は異形の生物を思わせた。禍々しく、圧倒的な力を誇っている。

黒人兵たちは用心しながら丘を下りてくる。ひとりがどこかを指さし、もうひとりが歩を速めて丘を駆け下りた。その後を背中になにかを背負った兵隊が追っていく。

「あそこには小さな壕があるのよ。近隣の人たちが隠れているの」

敏子が声を上げた。

「静かにするんだ」

金城が諫《いさ》める。

「でも……」

敏子が声を飲みこんだ。黒人兵たちが大きな岩の横で立ち止まり、中を覗きこみながら大声で叫んでいた。単純な英語だった。武器を捨てて降伏しろ——幸甚の耳にはそう聞こえた。

薄暗い壕の中で恐怖に震えながら息をひそめている人々の姿が脳裏をよぎった。炎が見えた。背中になにかを背負っている兵隊が構えている銃のようなものが火炎を吐き出している。

「火炎放射器だ」

金城が言った。幸甚は生唾を飲みこんだ。なんということだ。黒人兵たちは民間人が隠れている壕を丸焼きにするつもりなのだ。

火炎放射器は断続的に炎を吐き出した。悲鳴が聞こえた。魂を磨《す》り潰されているかのようなおぞましい悲鳴だった。

炎の噴射が終わると、別の兵隊が自動小銃を構えた。銃口は壕の中に向けられている。不意に銃声が空気を切り裂いた。無数の弾丸が壕の中に撃ち込まれていく。甲高い銃声は壕の内部で反響して死に行く者たちの悲鳴を塗りつぶした。

銃弾も砲弾も公平な死に神だ。兵士と民間人、男と女、大人と子供の区別なく、肉をえぐり、骨を砕き、容赦なく命を奪っていく。銃弾に蹂躪《じゅうりん》されている同胞のすぐ近くにいながら幸甚はただ地面にひれ伏しているだけだった。

いつの間にか銃撃がやんでいた。黒人兵たちは懐中電灯で壕の中を照らしていた。三人が三人とも顔をゆがめている。黒い顔の中でぎらついた白目が異様な光を放っている。

褐色の殺戮者たちはしかし、しばらくするとうんざりした表情を浮かべ、壕の内部から顔を背けた。二言、三言、言葉を交わすと、真ん中の兵隊が手榴弾を手に取った。安全ピンを外すと手榴弾を壕の中に放った。すぐに身を伏せる。

「耳を塞いで」

幸甚は敏子に向かって叫び、両耳を塞いだ。地面がかすかに揺れた。背中の上を一陣の風が吹きぬけた。

顔を上げる。黒人兵たちが立ち上がっていた。壕の内部を確認し、肩をすくめている。耳鳴りが酷かった。やがて彼らは立ち去っていく。その後ろ姿が遠ざかって行くにつれて、耳鳴りもおさまっていった。

敏子が啜り泣いている。幸甚は振り返った。涙で濡れた顔に土埃が張りつき、敏子の顔はまるで黒人のようだった。その向こうで金城が撃たれた肩を押さえて顔をしかめている。

敏子が身体を起こした。黒人兵たちが見えなくなったのを確認し、壕に足を向けた。

「なにをするつもりですか？」

「怪我人がいるかもしれない」

幸甚は腕を取って敏子を引き留めた。

「無駄ですよ」

「どうしてわかるの」

「無駄なんです」

火炎放射器で内部を焼かれ、さらに無数の銃弾が降り注がれた。最後には手榴弾だ。だれひとり生きてはいまい。

「確かめなくちゃ」

敏子は幸甚の手を振りほどこうとした。

「やめろ」

金城の声が響いて、敏子は身体を震わせた。金城は肩を押さえて立ち上がっていた。

「火炎放射器で焼け焦げて、手榴弾でばらばらになった死体を見たいのか？」

金城の声は静かだった。敏子も静かに首を振った。

「あれがあいつらのやり方だ。まさに鬼畜米英なんだ。あの丘の向こうではきっと米軍が戦列を整えている。万が一見つかったら、おれたちはいいけど、おまえは女だ。辱めを受けた挙げ句に殺されるんだぞ」

敏子は地面に膝をつき、顔を覆って泣きじゃくった。

「金城さん、肩は大丈夫ですか？」

金城の顔からはすっかり血の気が引いている。敏子が巻いてくれた包帯も血で真っ赤に染まっていた。急いで第一外科壕に向かわなければ金城も斃《たお》れてしまう。

「行きましょう」幸甚は敏子に囁いた。「金城さんの出血が止まりません」

敏子が泣き止んだ。土埃がこびりついた唇を舐め、泣いて腫れた目に強い光を宿して立ち上がる。

「そうよね。泣いていたって死んだ人は帰ってこないものね」

幸甚は無意識に手ぬぐいを探している自分に気づいた。そんなものを持っているはずもないのに、ただ、敏子に汚れた顔をぬぐわせてやりたくて右手が勝手に手ぬぐいを探し求めている。戦争が始まる前は、いつも手ぬぐいを持ち歩いていた。母がそうしろとうるさかったのだ。

また、母と妹の顔が脳裏をよぎっていく。なぜか父の顔は出てこない。いや。父の顔を思い出せなくなっていた。母と妹はまだ生きているが、父は死んだという予感なのだろうか。幸甚は身震いした。

「さあ、行きましょう」

敏子が明るい声を出した。丘から吹きつけてくる風が土埃を巻き上げた。風は異臭を孕んでいた。焼け焦げた肉の匂いだった。

＊　＊　＊

異世界に紛れ込んでしまったのかと思った。緑濃かった丘や山は赤茶色の肌をさらして削られ、地面には砲弾による大きな穴が無数に穿《うが》たれていた。命育む南の島がまるで生きるもののいない月世界と化したかのようだ。夏を間近にひかえ、噎《む》せるような陽気に包まれているはずなのに寒気を感じた。

死の世界はかくも荒涼として凍《い》てついているのだろうか。生き物の気配、人の生活の痕跡が感じられない世界というのはこれほどまでに悲しいものなのだろうか。

金城の呻《うめ》き声とそれに続く敏子の金切り声が静寂を破った。

「金城君！」

振り返ると金城が肩を押さえ、地面に膝をついていた。敏子が金城に駆け寄っていく。金城の血の気を失った顔はできの悪い人形のようだった。

「大丈夫ですか、金城さん」

幸甚も金城のそばに駆けていった。金城は顔を上げることもできない。出血が止まらないのだ。

「これ以上動くと危険よ」

敏子が言った。幸甚はうなずいた。

「お、おれは大丈夫だ……」

「無茶言わないでください」

幸甚は背嚢《はいのう》をおろし、金城に背を向けて腰をかがめた。

「嘉数さん、ぼくが金城さんを背負います」

「だめよ。背負って歩いても出血は続くわ」

「あそこで金城さんを休ませましょう」幸甚は南に顎をしゃくった。大きな岩のかたまりが陰を作っていた。「その間に、ぼくが第一外科壕まで行ってきます。嘉数さんは金城さんと一緒にいてください」

「わかったわ」

敏子に手伝ってもらい、金城を背負った。金城は重かったが歯を食いしばって立ち上がる。

「すまない、幸甚」

金城の声は今にも消え入りそうだった。

幸甚は岩陰に金城を横たえ、敏子に頭を下げた。

「金城さんのことよろしく頼みます。すぐに戻ってきますから」

「わたしたちのことなら心配しないで。軍医に金城君の怪我の状態を話して薬をもらってくるのよ。それと、包帯」

「わかりました」

敏子の気丈さが救いだった。幸甚はふたりに背を向け、駆けだした。空腹のせいですぐに息が上がる。目眩《めまい》にも襲われた。自分で考えている以上に体力が落ちている。思いが金城に向かう。健康な自分ですらこうなら、金城の体力はどれだけ損なわれているのだろう。急がなければならない。

走る速度をあげた。息が切れても気にしなければいいのだ。足もとがふらついたら踏ん張ればいい。走り続けるという意思を持ち続ければ肉体はそれに従うはずだ。軍事教練を指導していた将校はそう言っていた。意思に肉体を従属させるのだ。それができてはじめて目的を達成できる。

走れ、走れ。走り疲れても死ぬことはない。だが、自分が急いで戻らなければ金城は死んでしまうのだ。

頬を伝ったしずくが唇をぬらした。しょっぱかった。汗なのか涙なのかも判然としない。思考がぼやけ、自分の苦しげな呼吸の音だけが耳の奥でこだましていた。

幸甚はただ走り続けた。

＊　＊　＊

前方に集団が現れた。十人ほどのかたまりで、みな一様に歩みが遅い。幸甚は走るのをやめた。両手を膝につき、激しい呼吸を繰り返す。その場に倒れ込みたかったが脳裏に焼き付いた金城の姿がそれをゆるさなかった。

　少しずつ集団の姿が大きくなっていく。包帯が目立った。傷病兵たちだ。敏子と同じ年ごろの女学生が数人、付き添っている。

　幸甚は大きく息を吸い込み、萎えそうになる気持ちに鞭《むち》打って再び駆けた。

「すみません」

　声を張り上げると女学生たちが顔を上げた。傷病兵たちは俯いたままだ。よほど怪我が酷いのだろう。

　幸甚は足を止めた。第一外科壕はここからそう遠くないはずだ。なのになぜ彼らは第一外科壕に向かおうとしないのだろう。

「どうしました？」

　女学生のひとりが声をかけてきた。幸甚は生唾を飲みこんだ。

「第一外科壕はどうなっていますか？」

　女学生が目を伏せた。傷病兵たちは幸甚が視界に入らないとでもいうようにのろのろと歩き続けている。

「向こうで友人が怪我をして倒れているんです」

「第一外科壕は敵の攻撃を受けて……」

「そんな」

「わたしたちはなんとか助かって命からがら逃げてきたんですけど、他の人たちはみんな……」

女学生は言葉を濁し、首を振った。目尻に涙が浮かんでいる。

「軍医は？　薬品は？」

「全部埋まってしまったわ。壕の入口を砲弾が直撃したの。埋まった入口を掘り返そうとしたけど、無理だったのよ」

女学生の指先は土で真っ黒に汚れていた。

「あなたたちはなにか薬品を持っていませんか？　友人は肩を撃たれて出血が酷いんです」

「この向こうにも壕があって、わたしたちの仲間がいるはずなの。そこになら薬品も少しはあるはずよ」

今度は幸甚が首を振る番だった。

「その壕も、砲弾の直撃を受けました。通路が塞がれて奥にいた人たちがどうなったのかもわかりません」

「そんな――あの兵隊さんたちも薬品が必要なのに」

「他にこの近くに怪我人の診療を行っている壕はありませんか？」

女学生は答える代わりに違う質問を放ってきた。

「向こうの方にそういう壕はないんですか？」

女学生の目は幸甚が走ってきた方角を見つめていた。

「ありません。もしあったとしても……」

火炎放射器から放たれる紅蓮《ぐれん》の炎が脳裏に浮かんだ。言葉が続かなかった。

「あったとしても？」

「米兵がやって来て、壕の中に手榴弾を投げ込んだりしています。無事な壕があったとしても、みんな逃げ出しているはずです」

生きたまま焼かれた同胞のことはどうしても口にできなかった。

「それじゃあ、わたしたちはどうしたらいいの？」

幸甚は負傷兵たちに目をやった。だれもがなにかの責め苦を負っているかのように喘《あえ》ぎながら歩いている。苦痛に呻く金城の姿がそれに重なった。

「第一外科壕は本当に……」

「行っても無駄です」

幸甚のつぶやきは女学生の強い口調にかき消された。幸甚は途方に暮れ、空を見上げた。痛々しいまでに青い空が広がっている。

「他の人たちはどこに隠れているのかしら？」

女学生が言った。

「多分、海岸です。崖の下なら米軍に見つかりにくいし、天然の壕もありますから」

「あの人たちは崖を下りることなんてできないわ」

女学生の口調は淡々としていた。ただ事実を述べているのだ。

「すみません。ぼくは友人のところへ戻らないと」

「銃剣か小刀を持っている？」

篠原中尉の軍刀が脳裏をよぎった。

「ええ。それがなにか？」

「火を熾《おこ》すの。その火で小刀の切っ先をよく焼いて、それで傷口を焼くのよ。うまく行けば出血は止まるわ」

「ありがとうございます」

幸甚は礼を言い、踵を返した。傷病兵を抱えた若い女学生たちに手を貸してやれない後ろめたさがどんどん強くなっていく。
金城さんを助けるんだ――心の中で何度も自分に言い聞かせ、幸甚は走った。

14

金城は意識を失っていた。耳元で浅い呼吸の音が繰り返されている。崖は急峻《きゅうしゅん》だった。金城をおぶっていると足もとが覚束《おぼつか》ない。敏子が先導してくれるのがせめてもの慰めだった。背嚢《はいのう》を背負い、右手に軍刀を握った女学生の姿はまるで戯画のようだ。

背後では爆発音がのべつまくなしに轟いていた。米軍の無差別砲撃だ。地形を変えるほどの弾薬を撃ち込んでなお、米軍は飽きることを知らないようだった。沖縄という島をこの世から消し去ろうとしているのかもしれない。

第一外科壕が被弾し、薬が手に入らなかったと伝えると敏子はとても落胆した。幸甚は女学生から聞いた止血法を試そうと訴えたが、米軍の砲撃がはじまってしまった。とにかく海岸へ下りようと金城を背負ったのだ。

非情な爆発音とは裏腹に眼下に広がる海は人間の愚かな営みを嘲笑《あざわら》うかのように穏やかに波打っていた。

「真栄原君、そこの岩、動くから気をつけて」

敏子が鉄兜ほどの岩を指さした。

「わかりました」

幸甚はその岩を避け、敏子の背後に進んだ。敏子の呼吸は弾んでいた。額が汗で濡れている。

「もう少しだから頑張って」

「はい」

うなずいてはみたものの、足もとはさらに険しくなっていた。身ひとつで下りていくのも大変なのに金城の身体を労《いたわ》らなければならない。崖の下の海岸までは三十メートルほどだが、気の遠くなるような距離に思われた。

敏子が先に下りていく。軍刀を杖代わりに使った身のこなしが素速かった。きっと、優秀な運動選手だったのだろう。幸甚は金城を背負い直し、慎重に足を前に出した。歩くたびに足もとに金城の血が落ちた。相変わらず出血は止まっていない。一刻も早く止血しなければ金城は死んでしまうだろう。

幸甚は足もとに意識を集中した。先は考えるな。一歩一歩、確実に下りていくのだ。

気がつくと目の前に敏子の背中があった。敏子は海岸まであと数メートルというところで足を止めていた。

「どうしたんですか、嘉数さん？」

幸甚は喘ぎながら聞いた。

「海が……」

敏子が言った。幸甚は顔を上げ、絶句した。崖の上から見下ろしたときはただ青々としていると思った海面の色が変わっている。赤いのだ。冴《さ》え冴《ざ》えとした青をたたえているはずの海面が赤く染まっている。

血の海だった。美《ちゅ》ら海と称《たた》えられる海が、どこまでも赤く染まっていた。いくつもの死体が波間にたゆたっていた。

「そんな……」

幸甚は声を絞り出した。敏子の背中が小刻みに揺れていた。

「嘉数さん」

声をかけると敏子が振り返った。敏子は泣いていた。

「どうして？」

幸甚は俯いた。敏子の問いに答えてやることができない。砲撃や戦車、機関銃に追われて海岸線に下りてきた人々を、今度は洋上に浮かぶ米艦隊の艦砲が狙い撃ちにしたのだ。軍民の区別なく、根こそぎ命を奪っていった。

どれだけの人が死ねば海をこれだけ赤く染めることができるのだろう。そう考えるだけで脚が震えはじめた。

「どうして人が人にこんなむごいことをできるの？」

敏子が叫ぶ。幸甚は首を振った。わからない。そんなこと、ぼくにわかるわけがない。

「おい、そこでなにをしている？　何者だ？」

崖の下から呼びかけられた。大きな岩の陰からだれかがこちらの様子をうかがっていた。

「学生か？」

敏子は凍りついたように動かない。幸甚は口を開いた。

「崖の上から逃げてきたんです。怪我人がいます」

「そんなところにいると艦砲射撃の餌食になるぞ。早く下りてこい」

声の主が顔を出した。兵隊だった。

「すぐに行きます」

幸甚は敏子を促した。敏子はぎごちなくうなずき、崖を下りはじめた。視線は足もとに落ちていた。血の海を見たくないのだ。

「こっちだ。こっちに来い」

海岸に下りると兵隊が手招きした。崖に張り出した大きな岩の下が自然の壕になっている。それほど広くはないが、数人が隠れるには充分そうだった。

敏子が駆けていく。幸甚はその後を追った。金城はまだ意識を失ったままだった。

＊　＊　＊

壕にいたのはふたりの兵隊だった。幸甚たちに声をかけてきたのが鈴木《すずき》、もうひとりが田村《たむら》と名乗った。どちらも一等兵で、年齢は四十前後、人の好さそうなふたり組だった。

ふたりの手を借りて金城を壕の奥に横たえた。金城は一向に目をさます気配がなかった。

「なにか薬品をお持ちではないですか？」

敏子が鈴木たちに訊いている。

「そんなもの、あるわけないだろう。この壕にこもってもう四日だ。食い物を探すので精一杯さ」

「なら、水は？」

「ここから百メートルほど西に行ったところに湧き水の出る場所がある。でも、昼間は近づけない。軍艦がそこに来る連中を狙ってるんだ」

「怪我人に水を飲ませたいんですけど」

「残念だが、夜まで待ってもらうしかない。おれたちも喉が渇いて仕方がないんだが……」

「ぼくが汲みに行ってきます」幸甚は立ち上がった。「嘉数さんは火を熾しておいてください」

「おい、坊主、おれたちの話を聞いていなかったのか？」

鈴木が幸甚と敏子の間に割り込んできた。

「聞いてました。でも、すぐに水が必要なんです」

金城は大量の血を失っている。食料はともかく、せめて水は飲ませなければならない。傷口を焼いたあとの手当てにも水は必要だ。

「死にに行くのと同じだぞ」

鈴木のそれまでのどこかのんびりした口調ががらりと変わった。幸甚は生唾を飲みこんだ。

「覚悟はできてます。ぼくは身体が小さいから、運がよければ見つからないかも」

「死ぬのが怖くないのか」

鈴木が顔を近づけてきた。ヤニ臭い息がする。

「怖いです。でも、水を用意しなければ金城さんが死んでしまう」

「まだガキのくせになんて目をしてやがる……おい、田村、水筒を貸せ」

鈴木は田村から水筒を二つ受け取った。

「水を汲むといったって、水を入れて運べるものはこれしかない」

「何度でも行ってきます」

「坊主、鉄血勤皇隊だろう？　所属はどこだ？」

「沖縄一中鉄血勤皇隊、真栄原幸甚であります」

幸甚は直立した。鈴木と田村も姿勢を正し、幸甚に敬礼した。

「真栄原君、武運を祈る」

幸甚は水筒を受け取った。

＊　＊　＊

崖肌に張りつくようにして慎重に足を進めた。相変わらず海岸近くの海は血に染まっており、いくつもの遺体が波間に漂っていた。大きな岩の陰では民間人が肩を寄せ合って息を殺している。途中、二つほどあった壕は兵隊たちが占拠していた。鈴木一等兵たちがいる壕も、民間人を追い出して奪ったものなのかもしれない。

沖へ目をやると、数隻の米艦がこちらに砲門を向けているのがわかる。もはやこの海岸線にしか逃げ場がないことを承知して、獲物が姿を現すのを待っているのだ。

幸甚は身を屈《かが》めながら走った。岩から岩へ、くぼみからくぼみへ。そのたびに戦艦の砲門が動くような気がしてみぞおちの辺りに痛みが走った。

気のせいだ——自分に言い聞かせながら先を急いだ。赤い海は凪《な》いでいる。銃弾が飛んでくる気配はなかった。

水の流れる音が聞こえてきた。波の音とは明らかに違う。無数の弾痕のある岩と岩の間から清水が溢れていた。沖合の戦艦に動きはない。幸甚は水筒に水を汲んだ。

人の気配がして振り返った。数分前までは無人だった海岸に人の姿があった。軍服姿の者や、ぼろ雑巾のような粗末な衣服をまとった民間人たちだ。みな、手に水筒や鍋のようなものを持っている。

壕の中や岩陰で幸甚の一挙手一投足を見守っていたのだろう。幸甚が撃たれないと見るや、渇きを癒すために隠れ場所から出てきたのだ。

「だめだ。みんな、戻って」

幸甚は叫んだ。幸甚ひとりだから敵に見つからなかったのだ。だが、これだけ海岸に人が出てくればすぐに目立つ。

だが、幸甚の叫びに耳を貸す者はいなかった。だれもが幽鬼のようによろめきながら水場に向かってくる。飢えと渇きに理性が麻痺している。

「みんな、戻って」

幸甚がもう一度叫ぶのとなにかが空気を切り裂いて飛んでくるのとがほとんど同時だった。幸甚は水筒を抱え、岩陰に飛び込んだ。崖肌に砲弾が食い込んでいく。遅れて砲声が続いた。艦砲射撃だ。戦艦から無数の砲弾が飛んでくる。まるで暴風雨のようだ。

「だから言ったのに……」

幸甚は身体を丸めながら呟いた。あれだけの人間が海岸に出てきたら気づかれないわけがないのだ。

だれかの悲鳴が聞こえたような気がした。肉体が地面に叩きつけられるような音もする。だが、それもすぐに砲声にかき消された。砲声がすべての音を塗り潰し、砲弾が世界のすべてを破壊し尽くしていくのだ。

どれだけの時間が経ったのだろう。気がつくと艦砲射撃はやんでいた。おそるおそる身体を起こし、岩の陰から海の方を見た。相変わらず戦艦は沖合にいた。しばらく待ってみたが砲撃が再開されることはなかった。

肩から力が抜けた。凝った筋肉をほぐそうと首を回した。惨状が視界に飛び込んできた。水を求めて海岸に出てきた人たちがことごとく倒れている。だれひとりぴくりとも動かず、ここからでも死んでいることがわかる。無慈悲な鉄の暴風雨に巻き込まれたのだ。生きているわけがない。

赤い海にさらに血が流れ込んだ。

「ぼくのせいだ」幸甚は呟いた。「ぼくが水を汲みに来たから、他の人たちも……」

幸甚は目を閉じた。涙は出なかった。粉々に砕けてしまいそうなほどに心が震えているのに、涙は涸れている。

「もういやだ。戦争なんてもういやだ」

精一杯の叫びは、赤い海が立てるさざ波の音に吸い込まれて消えていった。

15

敏子が熾《おこ》した焚《た》き火《び》に突っ込んでいた軍刀の先端が赤く灼けていた。

「金城さん、準備はいいですか?」

幸甚の問いかけに金城がうなずいた。上半身は裸で、口に木ぎれをくわえている。

鈴木と田村がその背後に控えていた。ただれた傷口から血が流れ出ている。

幸甚は軍刀の柄《つか》を握り、うなずいた。鈴木たちが金城の身体を押さえた。

「行きます」

軍刀を持ち上げ、切っ先を金城の傷口に押し当てた。くぐもった悲鳴があがった。

金城の身体がのけぞっていく。鈴木たちがそれを必死で押さえこんでいた。肉の焼け焦げる匂いが壕に充満した。

幸甚は敏子に視線を向けた。敏子は汗を浮かべながら軍刀の切っ先に見入っている。

金城の噛んでいた木ぎれが砕け散った。くぐもった悲鳴が絶叫に変わった。金城は獣の断末魔のように叫んでいた。

「もういいわ」

敏子が言った。幸甚は軍刀を持ち上げた。傷口にさわろうとする金城の右手を田村が必死に押さえている。敏子がわずかな水で湿らせた包帯を手際よく金城の肩に巻きつけていった。

金城は滝のように汗をかいている。包帯を巻き終えた敏子が傷の上に水筒の水をかけた。

「金城君、大丈夫？　痛いでしょう？　薬もなにもないの。我慢してね」

鈴木と田村が金城を横たえ、敏子がその上に上着をかけた。金城は顔をゆがめたまま目を開けようともしなかった。

「坊主、いつまで軍刀を握ってるつもりだ？　出かけるぞ。支度をしろ」

「出かけるってどこへ？」

幸甚は軍刀を地面に置いた。まだ熱を持っていて鞘に収めることはできそうになかった。

「水汲みと食料の調達だ。まだ少し明るいが……」

田村が壕の外に目をやった。日差しがかなり傾いている。

「悠長にしてると獲物がなくなっちまうしな」

鈴木が田村の言葉を引き取った。

「獲物？」

「さっきの艦砲射撃で大勢死んだだろう。食い物にしてもなんにしても死人には宝の持ち腐れだ」

「死んだ人のものを奪うんですか？」

「使わせていただくんだよ」

「ぼくにはそんなことできません」

金城とも同じやりとりをし、腹を括《くく》ったはずだった。だが、あそこで斃《たお》れているのは幸甚のせいで死んだ人たちだった。

「あの兄ちゃん、なにか食べさせなきゃ死んじまうぞ」

鈴木が声を落とした。幸甚は細めた目を金城に向けた。金城は弱っている。薬もなく、清潔な包帯もない。鈴木の言うとおりだ。せめて食料を調達して食べさせなければ金城は間違いなく死んでしまう。

「わかりました。嘉数さん、金城さんをお願いします」

敏子は金城を見つめるだけで幸甚の言葉に反応を示さなかった。これから幸甚たちがすることに思いを巡らせたくないのだろう。敏子の横顔はどこか虚ろだった。

壕を出ると、田村と鈴木はすぐに腹這いになった。橙色《だいだいいろ》の夕日が海面に反射して目を灼いた。まさしく光の氾濫だ。幸甚も腹這いになった。目の上に手をかざし、辺りに視線を走らせる。

目を疑った。死体の数が増えている。さっきの艦砲射撃で命を奪われたのは十人程度だったはずだ。それが倍以上に増えている。

「出遅れたぞ」

田村が囁いた。

「急げ」

鈴木が応じ、匍匐《ほふく》前進で田村を追い抜いていった。十メートルほど先に軍服姿の死体が転がっていた。そのさらに向こうにも腹這いで倒れた死体がある。幸甚は目を凝らした。死体が動いている。

「まだ生きている人がいます」

「馬鹿。同じ穴の狢《むじな》ってやつだ」

田村が言った。田村も匍匐前進で鈴木の後を追っている。

幸甚はもう一度目を凝らした。動いているのは死体ではなかった。鈴木や田村と同じように匍匐前進しながら死体に向かって進んでいる民間人だ。獲物を見つけた獣のように目をぎらつかせている。

死体が増えたのではない。鈴木たちのように腹這いになって死体に向かっている生者たちがそこかしこにいた。

「坊主、急げ。早い者勝ちだぞ」

田村の声に我に返り、幸甚も匍匐前進をはじめた。鈴木たちは兵隊だけに進む速度が速かった。民間人の方が死体に近い位置にいたが、あっという間にその距離を逆転させた。

「ああ」民間人が悲鳴のような声を上げた。「それはわしのもんだ。わしが先に見つけたんだぞ」

老人だった。皺に埋もれそうな目を大きく見開き、駄々をこねる子供のような声をあげていた。

「悪いな、爺《じい》さん。早い者勝ちだからな」

鈴木が死体に覆い被さった。慣れた手つきで軍服のポケットをあらためていく。

「煙草があったぞ」

鈴木は勝どきをあげるように叫んだ。手に入れた煙草を自分のポケットに入れ、死体をひっくり返す。

「その煙草はわしのものだ」

老人が叫びながら握り拳で地面を叩いた。

「あっちへ行けよ、爺さん」

死体は背嚢《はいのう》を背負っていた。鈴木がその背嚢の奥に腕を突っ込んだ。幸甚は目を逸らした。鈴木の行為も、泣き叫ぶ老人も見てはいられない。

「なにをしてるんだ、坊主。友達が死んでもいいのか？」

田村の声が飛んできた。幸甚は唇を噛み、別の死体に向かって這いはじめた。

死体はまだ若い兵士だった。背嚢ではなく風呂敷包みが背中にくくりつけられている。右手には水筒が握られていた。

中年の女性がその死体に向かって砂の上を這っていた。幸甚は女性を追い越した。悲鳴に似た絶望的な溜息が聞こえた。女性は痩せこけていた。髪の毛はほつれ、こびりついた泥で顔全体が黒ずんでいた。目だけがひときわ大きく、血走った白目が血の涙を流しているかのようだった。

幸甚は女性から目を逸らした。死にものぐるいで這っていく。金城のためだ——何度も自分に言い聞かせた。青ざめた金城の顔と黒ずんだ女性の顔が交互に脳裏をよぎっていく。

死体に辿り着いた。

「ごめんなさい」

幸甚は叫ぶように言って、死体から風呂敷包みを剝ぎ取った。後ろで女性がなにかを叫んだ。

風呂敷の中身は飯盒《はんごう》と手榴弾だった。手榴弾は自決用に持っていたのだろうか。手榴弾をポケットに押し込み、飯盒を開けた。中には三合ほどの米が入っていた。

「やった」

蓋を閉めて飯盒を抱きかかえた。これで金城に食事を与えることができる。栄養をつければ金城の怪我も回復するはずだ。

「お願いします」

ふいにかけられた声に、幸甚は振り返った。あの女性が砂の上に這いつくばったまま懇願していた。

「む、娘がいるんです。まだ五歳の――」女性は自分の背後を指さした。壕の入口が見える。「もう、三日もなにも食べてないんです。娘が死んでしまいます。だから、お願いします」

女性は両手を合わせ、額を砂に押しつけた。

「ぼくの友人も怪我をして死にかけているんです。腹一杯食べて栄養をつけさせないと」

幸甚は大きな声を出した。そうしなければ、女性の懇願に負けてしまいそうだった。

「お願いです。お願いです。後生だから娘を助けてください。お願いです」

だが、幸甚の声は女性の耳には届かないようだった。彼女はお経を唱えるように同じ言葉を繰り返し呟いた。

「お願いです。後生だから娘を助けてください」

ひび割れた声は死にかけた老婆のそれのようだった。娘だけではない。この女性も空腹と疲労に蝕《むしば》まれている。

妹の顔が脳裏をよぎった。今この瞬間、別のどこかで母が妹のためにだれかに懇願しているかもしれない。

そう思うと、もう彼女の声を耳から閉め出すことはできなくなっていた。

「なにか入れ物はありますか？」

幸甚は女性に向き直った。

「ぼくの友人も大怪我を負っているんです。だから、全部はあげられません。半分ずつに分けましょう」

幸甚は飯盒の蓋を開けた。

＊　＊　＊

「ガキなんかいるもんか」幸甚の話を聞いた田村が吐き捨てるように言った。「おまえは騙《だま》されたんだよ、坊主」

田村の言葉に鈴木がうなずいている。鈴木は火を熾そうと躍起になっていた。

「おれたちはこの壕に潜んでもう四日目になるが、その間、ガキの声なんて聞いたこともない。ひもじけりゃ泣くだろう。砲撃があったら叫ぶだろう。ガキなんだ。でも、泣き声も叫び声も聞いたことはない。ガキなんていないんだ。おまえは他愛もない嘘に騙されて貴重な食料をどぶに捨てたようなものなんだぞ」

「もういいじゃないですか。少なくとも、今夜食べる分のお米はあるんですから」

見るに見かねたのか、敏子が助け船を出してくれた。

「お嬢ちゃんもわかっちゃいない。ここでなによりも貴重なのは食料なんだ。だから みんな、撃ち殺された同胞に謝りながら持ち物を漁ってるんじゃないか。明日も米が手に入るかどうかなんてだれにもわからないんだぞ」

田村は本気で腹を立てていた。

「すみません」

幸甚はうなだれた。

「新入りだから今日は勘弁してやる。だが、また同じことを繰り返したら、あの怪我人ごとこの壕から追い出すからな。覚悟しておけ」

田村は壕から出て行った。もう外は宵闇に覆われている。夜が明けるまで、米艦隊からの攻撃はないはずだった。

「気にしなくていいのよ。あなたは正しいことをしたんだから」

敏子が言った。鈴木が笑っている。多分、田村が正しいのだ。

「坊主、悪いがもう一度水を汲みに行ってきてくれ。米を研がなきゃならん。もう、連中の攻撃はないから安心していい」

　幸甚は鈴木の言葉にうなずき、水筒を手に取った。壕を出ると、水汲み場に向かう人の姿が目立った。砂の上に転がったままの死体は見向きもされない。食料、水、煙草、マッチ――必要なものはすべて剝ぎ取られてしまったのだろう。幸甚は近くにあの女性がいないかと眼を細めて探してみた。見つからない。今ごろは幸甚が分け与えた米を娘と食べているのだろうか。

「ガキなんかいるもんか」

　田村の声が頭の奥でよみがえった。確かに、子供の声などどこからも聞こえてこなかった。田村の言うとおり、子供などいないのか。それとも、壕の奥で息をひそめているのか。

　あの女性に娘がいてもいなくてもどうでもいい。幸甚は頭の中で呟いた。あの米は妹の貴子に分け与えたのだ。この島のどこかで、両親と一緒に逃げ惑い、飢えに苦しんでいるだろう貴子に分け与えたのだ。

　そう思い定めれば辛いことなどなにもなかった。

　これからも、同じようなことがあればば分け与えればいいのだ。自分がそうすれば、他の人もそうしてくれる。両親や妹に食料を分け与えてくれる人が必ず出てくる。

　だから、田村の言葉など気にすまい。鈴木の笑いなど無視すればいい。

自分のためではなく、まだ幼い貴子のためにそうするのだ。

水汲み場には長い行列ができていた。幸甚は最後尾についた。すぐに、杖をついた老人が幸甚の後ろに並んだ。

「お爺さん、お先にどうぞ」

幸甚は白い歯を見せて老人に順番を譲った。

16

五日が過ぎ、食料が枯渇した。艦砲射撃を警戒した人々は、昼の間は壕から一歩も出ず、死者が増えることはなくなった。その代わり、死体の持ち物を漁ることもできず、夜、海に出て海底から引きちぎってくる海草が唯一の食べ物だった。壕の中には異臭が漂っていた。金城の傷口が膿《う》んでいるからだ。金城は絶えず眠っていた。時折目を開くが、自分がどこにいるのかも定かではないようで意味のわからない譫言《うわごと》を呟いてまた眠りに落ちるのが常だった。

敏子が定期的に金城の傷の具合を確認していたが、その顔色は次第に青ざめていく一方だ。

鈴木と田村は壕の隅っこでなにやら話し込んでいる。幸甚は膝を抱えて座ったまま動かず、凶暴な空腹を堪《こら》えていた。

時折、小さな米艦が艦隊を離れてやって来て、へたくそな日本語で投降を促す放送を流していく。だが、それに反応する者はいなかった。

鬼畜米英の捕虜になるぐらいなら死を選べ。そう教わってきたし、教わってきたことの大半が嘘だったとわかった今でもその教えだけは胸に刻みつけられている。誇り高き天皇の民は鬼畜米英の捕虜になるという辱めを受けてはならないのだ。

「おい、坊主」

いつの間にか鈴木が目の前に立っていた。幸甚は瞬きを繰り返した。うなずくどころか声を出すのも億劫《おっくう》だった。

「このままこの壕にいても飢え死にするだけだ。おれたちは国頭《くにがみ》突破に賭けることにした」

国頭突破というのは、最近、兵隊たちがよく口にする言葉だった。夜の間に米軍の前線を突っ切って背後に出る。そのまま山原《やんばる》まで移動して国頭辺りにいるはずの友軍と合流するというものだった。

「おまえも一緒に行くか？」

幸甚は首を振った。金城を置いていくわけにはいかない。それに、鈴木は声をひそめている。敏子を連れて行く気はないのだ。

「あいつはもうだめだ。傷口が腐りはじめてる。一緒に死ぬつもりか？」

「ぼくは残ります」

幸甚は言った。久しぶりに声を出したので口がうまく動かなかった。

「そうか。無理にとは言わん。おれたちは今夜、出発する。元気でな」

鈴木は踵《きびす》を返し、田村のところへ戻っていった。

敏子が近づいてくる。

「鈴木さん、なんの話だったの？」

「今夜、国頭突破を試みるそうです」

幸甚は答えた。敏子が眉間に皺を寄せた。

「大丈夫なのかしら？」

「さあ」

そう答えるしかなかった。昨夜も一昨日の夜も、この辺りの壕に潜んでいる兵隊の何人かが国頭突破をはかると言って闇の中に消えていった。しばらくすると遠くで銃声が響き、数分するとやむ。そのあとはただ静寂が続くだけだった。無事に戦線を突破できたのか、それとも無残な戦死を遂げたのかはだれにもわからない。

「特別なにかをしてくれたわけじゃないけど、あの人たちがいなくなると心細くなるわ」

「そうですね」

「真栄原君も誘われたんじゃないの？」

「金城さんと嘉数さんを置いていくわけにはいきません」

「あの人はもうだめよ」

敏子は蚊の鳴くような声で言った。幸甚は激しく首を振った。

「そんなはずはない」

「保《も》ってあと数日。もう意識も朦朧《もうろう》としているし。わたしのことなら気にしなくていいのよ。ひとりでもやっていけるし、金城君はちゃんと埋葬するから」

「お願いだから、そんなこと言わないでください」

幸甚は敏子の手を取った。瑞々《みずみず》しいはずの肌が老婆のそれのように乾いていた。

「ぼくは金城さんと嘉数さんといます。一緒に助け合いましょう。一緒に生き延びましょう」

そう言いながら、幸甚は自分の言葉に絶望していた。どうやって生き延びるというのだ。食料はない。海草だけを食べてどれだけ生きていけるというのか。金城は死ぬだろう。金城から漂ってくる異臭を嗅げばだれだってわかる。金城が死んだら、今度は幸甚と敏子の番だ。狭い壕の中で飢えに苦しみながら死んでいくのだろう。

敏子が不憫《ふびん》だった。自分が憐れだった。ふたりの青春はこれからのはずだった。大きな夢を抱き、未来に向かって歩を進め、恋をし、結婚し、子供をもうけて新しい家庭を営む。

これから幸甚たちを待ち受けているはずだったすべてのことが、この悲惨な戦争に打ち砕かれた。

「そうね。一緒に頑張りましょう」

敏子が幸甚の手を強く握り返してきた。幸甚はズボンのポケットから小さく折りたたんだ紙切れを取りだした。一週間ほど前、上空を飛んでいったトンボがばらまいていったビラだ。投降すれば命の保証はもちろん、食事にだってありつけると書いてある。

「もしもの時は——」

「だめよ。投降なんてしたら、真栄原君は殺される。わたしは辱められるのよ」

敏子の顔は真剣だった。激しい怯えに満ちていた。逃げることもできず、投降することもできず、結局、この壕に立てこもったまま飢え死にするのだ。

暗い未来が肩にのしかかってくる。幸甚は敏子から顔を背けた。

空腹が耐え難い。まるで拷問のようだ。あの時、米を分け与えていなければ――そう考えるたびに自己嫌悪に陥り、しかし空腹がすべてを飲みこみ、また同じことを考えてしまう。

あの時、米を分け与えていなければ。

一合半の米が三合になったところで空腹が満たされるわけではない。頭ではわかっていても、惨めなほどの空腹が理性を吹き飛ばしてしまうのだ。

「暗くなったらまた海草を採ってきましょう。いいわね」

敏子はそう言って、また金城の看病に戻っていった。敏子も空腹なはずだ。だが、そんな素振りは微塵《みじん》も見せなかった。

女は男よりも空腹に強いのだろうか――ぼんやりと考えているうちに、母のことが頭から離れなくなった。朝早くから起きて朝食と弁当を作り、自分より先に父や子供たちに食べさせていた母。自分が食べるのはみんなの食事が終わり、後片付けを済ませた後だ。晩ご飯も同じ。昼間せっせと働き、休む間もなく夕餉の支度にとりかかり、できあがったご飯は父と子供たちに真っ先に食べさせる。疲れていたはずだ。空腹だったはずだ。だが、母は必ず自分より家族を優先させていた。

まだ若いが、敏子も母と同じなのだ。自分より家族。この異常な状況下で、幸甚と金城、そして敏子は家族と同じ絆《きずな》で結ばれていた。一緒に戦い、一緒に生き、一緒に死ぬのだ。だから、敏子は自分の空腹より金城の傷の手当てを優先する。自分より年下の幸甚のことを心配する。

敏子がいてくれてよかった。幸甚は心の底からそう思った。

＊　＊　＊

「本当にいいんだな？」

鈴木が言った。幸甚はうなずいた。鈴木も田村もぼろきれのようになっている軍服のボタンを留めていた。口調も変わっている。ふたりとも銃剣をつけた小銃を小脇に抱えていた。弾丸は数発しか残っていないはずだ。

「嘉数君」

「はい」

敏子は気を付けの姿勢を取った。

「君は女性だが、真栄原より年上だ。金城は動けないし、君が頑張るしかない」

「はい」

「必ず生き延びるんだぞ」

田村が言った。幸甚は敬礼した。

「それじゃあ、行ってくる」

鈴木と田村も敬礼した。

「ご武運をお祈りします」

幸甚と敏子は声を合わせた。鈴木たちは踵《かかと》をあわせ、回れ右をする。そのまま、振り返ることもなく崖をよじ登りはじめた。

幸甚と敏子はふたりの姿が闇に飲みこまれるまで見送った。

「行っちゃったわね」

「ええ」

「国頭突破なんて、本当に山原まで行けた人なんているのかしら」

「いますよ。そう信じなきゃ」

そう。信じなければいつかやって来る自分たちの死を受け入れなければならなくなる。友軍が米軍を背後から攻撃しない限り、そう遠くないいつか、自分たちは死んでしまうのだ。

「さあ、海草を採りにいきましょう」

幸甚と敏子は崖に背を向けた。海にはすでに多くの人が入っていた。星明かりを頼りに、海草や海底に沈んでいる死んだ兵士たちの遺留品を探しているのだ。数日前には血で真っ赤に染まっていた海も、今ではいつもの穏やかな青色を取り戻していた。あれだけの血も、海はたった数日で浄化してしまうのだ。まるで何事もなかったかのように。

幸甚は敏子と手を繋《つな》ぎ、海水に足を入れた。暗闇の中ではぐれないよう、きつく手を繋ぐのだ。最初のうちは女性と触れあうことに恥ずかしさを覚えたが、今では自然に接することができる。敏子の手は母のそれのように温かく、力強かった。

海底でこまめに足を動かし、なにかが触れたら手を突っ込んでみる。海草ならば引っこ抜き、そうでなければ別の場所を探す。海岸に近いところの海草はもうほとんど残っていなかった。

「今日はもう少し沖に行ってみましょう」

幸甚は言った。ひとりなら足が竦《すく》んでしまいそうな深い闇も、敏子と一緒なら勇気をふるい起こすことができる。

膝から太股、腰へと海に浸かっていく。この辺りまでくると海草も豊富だった。手当たり次第に引き抜き、引き抜いたそばから口に放り込む。口に入りきらなかった分は敏子に渡す。敏子はそれを自分の首に巻きつけていく。敏子は壕に戻るまで決して海草を食べようとはしなかった。

「あれはなんだろう？」

幸甚は沖に目を向けた。なにかが海面に浮かんでいる。枯れ枝を組んで作った粗末な筏《いかだ》のようだった。

「筏みたいね」

敏子が呟いた。

「だれかが乗っているのかもしれない。行ってみましょう」

「でも――」

敏子の手に力がこもった。筏までは数十メートルの距離だ。だが、衰えた肉体には数倍の距離に匹敵する。

目を細めてみた。暗すぎて筏の輪郭しかとらえられない。

「怪我人が乗っているかもしれません。ぼくが行ってきます。嘉数さんは岸に戻っていてください」

わずかだが海草を食べたことで空腹感は消えている。幸甚は海面に身を投げ出した。体力を消耗しないよう、平泳ぎで筏に向かった。数メートルも進まないうちに空腹がよみがえった。体中の細胞が栄養を寄こせと悲鳴を上げている。

引き返そう——そう思って振り返った。筏までの距離も岸までの距離もそう変わらない。

腹をくくった。幸甚はひときわ強く水を掻いた。

＊　＊　＊

筏に乗っているのは死体だった。中年の兵士で、着ている軍服は鈴木たちのものより上等だった。死んでそんなには経っていないのだろう。死体は綺麗《きれい》で腐臭も放ってはいない。

本当に粗末な筏だった。乗ろうとするとひっくり返りそうになる。よじ登るようにして這い上がった。

　兵士は背嚢《はいのう》を抱えるようにして死んでいた。背中に銃創があった。筏で沖に出ようとしたところを後ろから撃たれたらしい。

　幸甚は両手を合わせて拝み、死体をひっくり返した。

　顔を見て腰が抜けそうになった。死体は藤田伍長だった。キツネのような顔が、苦痛のためか、無念のためか、激しく歪んでいた。こんなふうに死ぬとは思ってもいなかったのだろう。それは幸甚も同じだった。

　こんなところで藤田伍長と再会するとは、金城の執念が幸甚を導いたのだろうか。

　幸甚は星空を見上げた。壕に戻ったら金城になんと報告しよう。

　軍服のポケットを探る。煙草とオイルライターが入っていた。煙草は海水に濡れてどうにもならなかったが、ライターは乾かせば使えるかもしれない。そうなれば火を熾《おこ》すのが楽になる。

　ライターをズボンのポケットに押し込み、背嚢に手を伸ばした。思ったより重い。中には拳銃と魚や牛肉の缶詰が入っていた。

　生唾が湧いた。これだけの量があればしばらくの間は食べつなぐことができる。空腹を押して泳いできたのは正解だった。

幸甚は牛肉の缶詰を手に取った。胃が激しく鳴った。唾液が溢れてくる。

「缶切りは？」

背嚢の中を探した。底の方に折り畳み式のナイフが転がっていた。缶の蓋に何度もナイフを突き立てた。どれぐらい同じことを繰り返しただろう。やがて、ナイフで開けた穴が繋がり、線になった。蓋の内側に指をこじ入れて持ち上げる。久しぶりに嗅ぐ濃厚な匂いに目眩がした。

幸甚は缶詰を平らげた。新しい缶詰にナイフを突き立て、それも食べ終えると別の缶詰を手に取った。

金城のことも敏子のことも頭から消えていた。食べるために作られた機械のように、一心不乱に食べた。缶の底を舐めとり、ナイフの切っ先についた汁も舐めた。

空腹がおさまると、罪悪感が襲ってくる。すぐに戻って真っ先に金城に食べさせてやるべきだったのだ。空腹に負け、他人のことを考える余裕がなくなっていた。空腹は理性を蝕む。人を獣に変える。

幸甚は折り畳んだナイフをきつく握りしめた。今は自己嫌悪に陥っている場合ではない。この缶詰をすぐに金城のもとに届けるのだ。

背嚢を背負おうとして幸甚は動きを止めた。重すぎる。これでは泳げない。

持てる分だけ運んで残りは捨てるという考えはすぐに捨てた。貴重な食料だ。なにがどうあっても捨てることはできない。理性が捨てろと命じても、身体がそれをゆるさないだろう。飢えは恐怖だ。死よりも恐ろしい。

どうする?

栄養を与えられた脳が音を立てて動き出す。すぐに結論が出た。背嚢を載せたまま、この筏を押して泳いでいけばいいのだ。自分で背嚢を背負うよりはるかに楽になる。岸に近づいたら筏を捨て、背嚢を背負って近くの人間に気づかれないように壕に運び込む。

缶詰をだれかに分け与えるつもりはない。金城のためだ。敏子のためだ。あの時分け与えてしまった米を、何度夢に見たことか。

幸甚はもう一度、藤田伍長の死体に向かって手を合わせた。

「ゆるしてください」

そう言いながら、死体を海に流した。自分も海に飛び込み、筏の端を両手で摑んだ。両足をばたつかせる。筏は静かに、しかしはっきりと前に向かって進みはじめた。

17

幸甚は手榴弾を握ったまま壕の外を睨んでいた。

数時間前、缶詰の匂いを嗅ぎつけた兵隊が壕に勝手に入ってきたのだ。兵隊は空き缶を見つけると舌なめずりして分けてくれと言った。断ると目つきが変わり、腰に差していた銃を抜いたのだ。

幸甚が右手に握った手榴弾の安全ピンに指をかけると兵隊はすごすごと去っていった。だが、安心はできない。できればこの壕をこっそり立ち去りたいが、金城が回復しない限りそれも無理だ。ならば、寝ずの番をする他はなかった。

せっかく持ち帰った缶詰だというのに、金城は口をつけることさえしなかった。ものを食べる体力もないのだ。敏子が牛肉の身を細かく裂き、水と一緒に飲ませようとしたがそれも無理だった。仕方なく、缶詰の汁だけを飲ませた。藤田伍長の死体を見つけたと告げた時だけ、金城の目に精気が戻ったがそれも長くは続かなかった。

金城の身体から放たれる腐臭は一段と酷くなっていた。その横で敏子が船を漕《こ》いでいる。交互に眠って、不埒《ふらち》な闖入者《ちんにゅうしゃ》を撃退しようと話し合ったばかりだった。缶詰を食べたせいで敏子の顔色も良くなっている。

壕の前を影がよぎった。幸甚は身を固くした。

「坊主、まだ手榴弾握ってるんだろう？」

さっきの兵隊の声だった。姿は見えないが、影の動きが止まっていた。

「もちろんです」

「ちょっと話があるだけだから、いきなり爆発させようなんて思わないでくれよ」

「缶詰はもうありません。どこかへ行ってください」

「怪我人がいるんだろう？　この匂いは傷が膿んでるんだ」

「あなたには関係ないことです」

「おれ、軟膏を持ってるんだ。我が家に古くから伝わる軟膏でな。大抵の怪我はこれを塗っておけば治る」

背後で人の動く気配がした。敏子が起きていた。懇願するような目を幸甚に向けている。軟膏が欲しいのだ。

「なあ、ものは相談だが、この軟膏と缶詰を交換しないか」

敏子が何度もうなずいた。幸甚も敏子に目配せした。缶詰を入れた背嚢は壕の奥にあるくぼみに押し込んである。敏子が足音を殺しながらくぼみまで移動しはじめた。

「おい、なんとか言えよ。軟膏、欲しくないのか？」

「缶詰はわずかしか残ってないんです」

「それでいい。こっちは飢え死にしそうなんだ」

「少し考えさせてください」

「頼むよ。こっちは今すぐにでもなにかを腹に入れたいんだ」

敏子が背嚢から缶詰を取りだした。缶詰はあと六つあるはずだった。だが、本当の数を知らせる必要はない。

「残っている缶詰は四つだけです。全部はあげられません」

「ふたつくれ。それで手を打つ」

「わかりました。入ってきてください」

兵隊が姿を現した。手にこぶりの瓶を持っている。

「これがその軟膏だ」

幸甚は手榴弾を握りしめたまま動かなかった。代わりに敏子が兵隊に近づき、瓶を受け取った。中身の匂いを嗅ぎ、うなずく。

「ありがとうございます。それじゃ、これを」

兵隊は缶詰を受け取ると満面の笑みを浮かべた。

不快な匂いが広がった。敏子が金城の包帯を外したのだ。次いで短い悲鳴があがった。敏子が尻餅をつき、金城の怪我をした肩を凝視している。

「どうしました？」

幸甚は手榴弾を握りしめたままふたりのもとへ駆け寄った。金城の傷口が盛り上がり、なにかが蠢《うごめ》いていた。

「真栄原君、火を」

敏子が口を開く前に幸甚は見た。蠢いているのは蛆だった。無数の蛆虫が金城の傷口にたかっていた。その様子はまるで小さな妖怪たちが宴《うたげ》を楽しんでいるかのようだった。

壕の奥で焚き火が燃えていた。幸甚は火のついた枯れ枝を摑み、その先端で金城の傷口付近を払った。蛆虫たちが地面に落ちていく。それを片っ端から踏みにじった。

「ふざけるな、貴様ら。ふざけるな」

燃えさかる枝で蛆を払い、踏み潰す。何度繰り返しても金城の傷口から蛆虫がいなくなることはなかった。

「もういいわ」

敏子が手にした布きれで蛆虫を払いはじめた。地面に落ちた蛆虫がのたうつ。幸甚はその蛆に枝を押し当てた。蛆が燃える。のたうちながら燃えていく。それは米軍の火炎放射器に生きたまま焼き殺される民間人のようだった。

＊　＊　＊

金城が苦しそうな寝息を立てていた。顔は雨に打たれたように濡れている。なのに、唇だけが乾いてひび割れていた。

幸甚は敏子と共に焚き火の前に座り、金城を見つめていた。

「軟膏、効くといいですね」

「そうね。きっと効くわ」

幸甚は信じてもいないことを言い、敏子も信じてもいないことを答えた。もっと早い時期ならばあの軟膏も効いたのかもしれない。しかし、手遅れだ。蛆がたかった金城の傷口が脳裏によみがえる。金城は生きながら腐っている。もう長くは保たないだろう。

「金城さんがいなかったら、ぼくはとっくの昔に死んでいました」

敏子はなにも言わない。それにかまわず幸甚は喋り続けた。

「いつも金城さんに守ってもらっていたんです。グラマンの機銃掃射を受けても、砲弾が飛んできても金城さんが一緒なら怖くありませんでした。だって、金城さんがぼくを守ってくれるから……」

敏子の右手が幸甚の左手を握った。敏子は相変わらず無言だった。

「いつも思っていました。守られるだけじゃだめだ。いつかぼくも金城さんを守れるようにならなきゃって。なのに……」

胸の奥が燃えるように熱かった。その熱の中で心臓が震えているのが感じられる。目の裏がしくしくと痛み、鼻の奥がつんとする。なのに、涙は出なかった。悲しくて仕方がないのに目が乾いている。

敏子の手も乾いてかさかさだった。乙女の瑞々しさはなく、老婆のそれのように黒ずんでいる。爪の間にも土が入り込んで指先も真っ黒だった。

その手が愛《いと》おしかった。病人や怪我人を救ってきた手だ。仲間をなんとか助けようとして爪が割れるのもかまわず土を掘り続けた手だ。

幸甚は敏子の手をそっと、しかし強く握った。掌から敏子の体温と鼓動が伝わってきた。鼓動は幸甚のそれと同調し一定の拍子を保ちはじめる。触れあっている箇所の血管が融合してお互いの血が行き来しているような錯覚を覚えた。

「なれるわよ」敏子が言った。漆黒の瞳に炎が映り込んでいる。「真栄原君ならきっとなれる。もっと強く大きくなって、金城さんを守れるようになるわ」

二年後にはそうなれているだろうか。あるいは一年後には——だが、それでは遅すぎる。金城は死にかけている。生きながら腐りはじめている。

「お腹《なか》は減っていませんか」

おぞましい考えを振り払いたくて幸甚は話題を変えた。目の前に蓋の開いた缶詰がある。金城に食べさせようとしたのだが、受け付けてくれなかったのだ。

「わたしはいいわ。真栄原君が食べて」

幸甚は名残惜しみながら敏子の手を放した。缶詰を持って金城のそばにいく。中身を指ですくい、金城の口元に運んでみた。

金城が顔を背けた。

「食べてください、金城さん。栄養をつけないと」

金城は小さく首を振った。そのたびに酷い悪臭が鼻に襲いかかってくる。たとえ食欲があったとしてもこの匂いに追いやられてしまうだろう。

諦めて敏子のもとへ戻ろうとした時、金城が目を開いた。

「金城さん……」

「……おまえは、生きろ」

小さいがはっきりとした声だった。

「金城さんも一緒に……」

「死んだら、燃やして……骨を両親に届けてくれ」

「だめです。そんなことを言ってはだめです。金城さんも生きるんです。こんな戦争で死ぬなんてだめです」

「おまえが守るんだ」

金城が目を閉じた。短い会話を交わすだけで著しく体力を消耗するようだった。

いつの間にか敏子が傍らにいた。敏子は水を含ませた布きれで金城の唇を濡らした。だが、それも焼け石に水だ。金城の唇はすぐに干上がっていく。

幸甚は足音を殺してふたりから離れた。焚き火の前に座り直し、缶詰を食べた。

守れ？　だれを？

決まっている。敏子を守るのだ。敏子は年上だが、幸甚は男だ。幸甚が敏子を守らなければならないのだ。

缶詰を食べ終えると、幸甚は篠原中尉の軍刀を引き寄せた。手榴弾があり、拳銃があり、この軍刀がある。米軍にはかなわないが、食料を狙ってくる連中には充分に太刀打ちできるはずだ。

幸甚は軍刀を手にしたまま壕を出た。満天の星の下、海が静かに揺れている。幸甚は海に向かって放尿した。

18

夜が明ける前に起きる。敏子が金城の傍らで船を漕いでいた。睡眠時間をずらすことで交互に金城の看病をすることにしてもう三日になる。敏子の足もとには手榴弾が転がっていた。手榴弾を拾い上げながら敏子を起こした。

「嘉数さん、水を汲んできます」

「ごめんなさい。わたしったら、いつの間に眠っちゃったのかしら」

「いいんです。すぐに戻りますから」

幸甚は壕を出た。陽光が世界を照らし出す前に水を汲んでこなければならない。すでに水汲み場には行列ができていた。明るくなれば艦砲射撃の餌食にされるのだ。昼間に壕から出る人間はもうだれもいない。

十分ほどで順番が回ってきた。急いで水を汲み、壕に戻る。中から敏子の泣き声が聞こえてきた。臓腑《ぞうふ》を吐き出すような号泣だった。

「嘉数さん?」

幸甚は駆けた。敏子が金城にすがりつくようにして泣いている。

「どうしたんですか?」

声は出たが足は動かなかった。まるでその場に根が生えてしまったかのようだった。

「金城君が……わたしが居眠りしている間に、金城君が……」

水を入れた飯盒《はんごう》が足もとに落ちた。いつ手を放してしまったのかもわからない。思考は麻痺し、視界にももやがかかっている。

「わたしが居眠りなんかするから……」

敏子は泣き続けている。

口の中に生唾が溜まっていた。それを飲みこむと呪縛が解けた。幸甚はそっと足を踏み出した。いつでも汗に濡れていた金城の顔が乾いている。

吐き気がこみ上げてきた。

「嘉数さん……」

蚊の鳴くような声しか出ない。それでも、敏子が振り返った。

「真栄原君。金城君が……」

「まさか。冗談ですよね」

「金城君が亡くなったのよ」

幸甚は首を振った。そんなはずはない。いつか別れの時が来るのはわかっていた。だが、それは今ではない。こんなに早く来てはいけないのだ。

「金城さん」

幸甚は敏子を押しやるようにして金城の身体を抱き起こした。金城は重かった。

「金城さん。目を開けてください」

乱暴に揺さぶった。だが、金城の目があくことはない。口元に耳を寄せた。金城は呼吸をしていなかった。

「金城さん……」

幸甚は金城の顔を凝視した。苦痛から解放されたせいか、微笑んでいるような死に顔だった。

「どうして……どうせ逝《い》くなら見送らせてくれたっていいじゃありませんか」

金城の身体はまだ温かかった。涙が溢れてきた。頬を伝った涙が金城の顔を濡らしていく。

「わたしのせいだわ。わたしが居眠りなんかするから……」

敏子はなにかに取り憑《つ》かれたかのように同じ意味の言葉を繰り返していた。幸甚は金城の身体を横たえた。涙が止まらない。心に穴があいて、どれだけ泣いても涙を吸い込んでしまうのだ。

「わたしのせいよ。わたしが……」

「そうじゃありません」幸甚は敏子の言葉を遮った。「嘉数さんが起きていてもいなくても、金城さんは逝ってしまったんだ」

「でも、わたしが起きていればひとり寂しく逝かせることはなかったわ」

「金城さんはひとりで逝きたかったんです。そういう人でした」

幸甚の言葉に敏子は口を閉じた。だが、涙が止まることはなかった。幸甚は涙を拭った。自分が泣いている場合ではない。敏子を守れと金城に言われたのだ。

「おい、坊主」

だれかの声がした。幸甚は手榴弾を強く握りしめて振り返った。壕の入口に兵隊が立っている。先日、軟膏と缶詰を交換した兵隊だった。

「なにか用ですか？」

「せっかくの軟膏も手遅れだったみたいだな」

兵隊は先日とは違って表情を曇らせていた。幸甚は返事をしなかった。

「女学生の泣き声が外まで聞こえてきた。すぐにわかったよ。あの怪我人が死んだんだってな」

「どこかに行ってください」

「これ、いるだろう」

兵隊が右手を持ち上げた。小型のシャベルを持っている。

「死体を焼くわけにはいかない。煙が立って目立つからな。埋めるしかないわけだが、素手で墓穴を掘るのは大変だろう。貸してやるよ」

「ありがとうございます」

兵隊の心遣いが胸に染みた。邪険に対応したことを悔やみながら幸甚は兵隊に頭を下げた。シャベルを受け取ろうと足を前に出す。

「おっと。ただで貸してやるわけにはいかないんだ。悪いな」

心に冷たいすきま風が吹き込んできた。

「缶詰と交換だ。悪く思うなよ。おれたちも生きていかなきゃならないんだ」

帰ってください――喉元まで出かかった言葉を飲みこんだ。金城の死体を放置することはできない。金城に申し訳ないし、なにより、死体は腐敗する。この壕でこれからも敏子と暮らしていくためにはどうしても埋葬してやる必要があった。

「あと二つしかありません。全部よこせというんですか？」

兵隊の眉間に皺が寄った。

「嘘をついてるんじゃないよな、坊主」

「こんな時に嘘なんかつきません」

嘘だった。だが、兵隊は苦々しげにうなずいた。

「わかった。ひとつよこせ」

兵隊に缶詰を渡し、シャベルを受け取った。海岸に墓穴を掘るわけにもいかず、かといって死体を担いで崖をよじ登るのも不可能だった。金城はこの壕の中で埋葬するしかない。

敏子はまだ泣いていた。

手榴弾をポケットに押し込み、幸甚は敏子と金城のそばに移動した。敏子の肩にそっと手をかける。

「嘉数さん、金城さんを埋葬しましょう」

敏子は首を振った。幸甚は肩に手を置いたまましゃがんだ。

「このままでは金城さんが可哀想《かわいそう》です」

「わかってるわ。でも、もう少しだけ待って」

敏子が幸甚の胸に顔を埋めてきた。ぼろぼろになった幸甚のシャツにしがみつき、赤ん坊のように泣きじゃくった。

最初は年上の女性に抱きつかれて、ただどぎまぎするだけだった。家族以外の女性とこんなふうに接するのは初めてだったのだ。

だが、脳裏に金城の言葉がよみがえった。

おまえが守るんだ。

幸甚は敏子を抱きしめた。敏子の身体は柔らかく、心許なかった。力をこめすぎたら潰れてしまいそうなのだ。

「嘉数さん、もう泣かないでください」

敏子に懇願しながら、幸甚は赤子をあやすように優しく敏子の背中をさすった。

なんとか穴を掘り終えた時にはすっかり日が暮れていた。幸甚も敏子も泥まみれだった。

＊　＊　＊

ふたりで金城を抱え、穴の底に横たえた。敏子が濡れた布きれで金城の顔を清めた。苦痛から解放された顔は穏やかな笑みを浮かべている。

敏子が両手を合わせ、目を閉じた。なにやら呟いているのはお経のようだ。幸甚は経など読んだこともなかった。だから、経を唱える代わりに自分なりの祈りを口にした。

「約束は必ず守ります。戦争が終わったらここに金城さんのご家族を連れてきます。ご家族に必ず金城さんの遺骨を渡します。嘉数さんも守ります。ぼくが必ず守ります。金城さんがぼくを守ってくれたように。金城さん、ありがとう。安らかに眠ってください」

祈り終えると目を開けた。敏子がこちらを見ていた。

「すみません。お経を知らなかったから」

「いいのよ。どんな言葉で送られようと、金城君は気にしないわ」

敏子の眼窩《がんか》は落ちくぼんでいた。昼の間泣き続けていたのだ。だが、今は涙もすっかり乾き、泥にまみれた顔に菩薩《ぼさつ》のような笑みを浮かべていた。

敏子が目を閉じ、再び経を唱えた。幸甚も目を閉じた。金城だけではなく、この戦争で若い命を散らせた仲間たちにも思いを馳せた。

ぼくたちは騙された。

皇軍は無敵じゃなかった。皇軍は民間人を守ってはくれなかった。それどころか民間人を盾にしようとすらした。授業で習ったこと、軍事教練で教えられたことはすべて嘘っぱちだった。

ぼくたちは騙された。

沖縄決戦などただのまやかしだった。大本営にはわかっていたはずだ。米軍の圧倒的な火力の前で沖縄守備隊の抵抗力などなきに等しいということを。

そう、ぼくたちは騙され、生《い》け贄《にえ》にされたのだ。

本土を守るために。時間稼ぎのために。高邁《こうまい》な言葉をちりばめた真っ赤な嘘に、ぼくたちは見事に騙された。そして、ぼくたちの生まれ故郷は、美しかった島は血で塗りつぶされた。

なんのために戦ったのですか。

なんのために散っていったのですか。

ぼくたちは、ぼくの父は、母は、妹は、親戚は、友達は、どうしてこんな目に遭わされなければならなかったのですか。前世でどんな業を背負ったというのですか。

だれもなにも答えてはくれなかった。

目を開けると、敏子も経を唱え終えていた。シャベルを手に取り、幸甚に視線を向けた。

「埋めてあげましょう」

「はい」

厳《おごそ》かな葬儀がそれで終わった。

＊　＊　＊

敏子は旺盛な食欲を見せて缶詰を食べた。幸甚が自分の分を差し出すとそれもぺろりと平らげた。最後の缶詰だった。

食べ終えると、幸甚が墓標のつもりで積んだ石の前で両手を合わせた。金城はその石の下で眠っている。

「お風呂に入りたいわ」

敏子が呟いた。

「海に入ってきたらどうです」

幸甚はいった。この壕に来たころは、目の前の海は血で真っ赤に染まっていた。だが、今ではその血も流され昼間の海面は紺碧《こんぺき》に輝いている。

「海か……そうね。わたし、泥まみれよね？」

「ぼくと同じぐらい」

「それって大変なことよ」

敏子が笑うと幸甚の胸も軽くなった。

「ぼくが見張ってます。海で汚れを落としてきてください」

敏子がうなずいた。軽やかな足取りで壕を出て海に入っていく。幸甚も浜辺に出た。人の姿が多かったが、敏子は気にする素振りも見せなかった。腰までつかると、両腕で海水をすくい、跳ね上げた。まるで子供のようだった。

幸甚は水と戯れる敏子にしばし見とれた。夜の闇の中でも泥だらけだった敏子の顔が綺麗になっていくのがわかる。敏子は周りにいるだれよりも美しかった。

敏子の水浴びは十分ほどで終わった。幸甚は水を滴《したた》らせながら歩いてくる敏子から目を逸らした。濡れた衣服が張りついて身体の線がくっきりと浮き上がっていたのだ。敏子は痩せていたが胸はおどろくほどに盛り上がっていた。腰はくびれ、腰から足までがすらりと長い。

「ああ、気持ちがよかった。真栄原君も入ってきたらどうかしら。気分がすっきりするわよ」

「そうします」

敏子のそばにいることがいたたまれなくて、幸甚は海に飛び込んだ。下半身が熱い。目を閉じれば海水に濡れた敏子の姿態が浮かび上がる。

「馬鹿野郎」

幸甚は自分を罵《ののし》りながら泳ぎはじめた。海水は生温かく、妄想をかき消してはくれなかった。

＊　＊　＊

焚き火の前で敏子が手櫛《てぐし》で髪をすいていた。幸甚は壕の壁に映った敏子の影を見つめた。影の輪郭は曖昧だった。生々しい敏子の姿態はうすれ母のような慈しみだけを感じさせる。敏子を直《じか》に見つめるよりそちらの方がよほど楽だった。

「真栄原君」

敏子の声がすると同時に幸甚は目を閉じた。なにを話せばいいのかわからなくてずっと狸寝入《たぬきね》りをしていたのだ。

目を閉じると、しかし、逆に敏子の気配が濃厚に伝わってきた。敏子が近寄ってくる。

「真栄原君、寝てる？」

幸甚は狸寝入りを続けた。心臓が激しく脈打ち、敏子に聞かれるのではないかと気が気ではなかった。

敏子はすぐそばにいる。だが、それ以上声をかけてはこなかった。燃えている枯れ木が爆《は》ぜる音だけが耳に飛び込んでくる。

しばらくすると、敏子が動く気配がした。幸甚は驚いて息を止めた。敏子が背中を向けている幸甚に寄り添うように横たわったのだ。

「か、嘉数さん」

寝たふりをしているのは無理だった。幸甚は半身を起こした。

「真栄原君、ごめんなさい。ひとりで寝るのがいやなの」

「それは……」

「わたしが寝ている間に真栄原君になにかあったらどうしようって……そんなことあるわけないのに、考え出したら止まらないのよ」

「ぼくは大丈夫です」

「わかってるのよ。わかってはいるけど……」

敏子の目は潤んでいた。今にも決壊して涙が溢れだしそうだった。幸甚は生唾を飲みこんだ。

「みんないなくなったの。同級生も上級生も下級生も。怪我をした兵隊さんも、軍医の先生もみんないなくなったの。ひとりになるのはいやなの。真栄原君がいなくなったら、わたしどうしたらいいかわからない」

「嘉数さんを置いてどこかに行ったりなんかしませんよ」

「わかってるわ。でも、怖いの。考え出すと止まらなくなってしまうの。さっき、ひとりで焚き火の音に耳を澄ませてると、他の音が一切聞こえなくなって、この壕の外の世界は死滅しちゃったんじゃないかと思えてきたの。みんな死んで、米軍もいなくなって、この世界にわたしと真栄原君だけが取り残されてしまったんじゃないかって」

「そんなことありませんよ。みんな生きてます。なんとか生き抜こうと必死で耐えてるんです」

敏子がうなだれた。涙が落ちる。どんな試練にあっても気丈に持ちこたえてきた敏子だが、金城の死でたがが外れてしまったのだ。

「わかりました」幸甚は囁くように言った。「一緒に寝ましょう」

「本当に？」

敏子が顔を上げた。泣きながら笑っている。

おまえが守るんだ――金城の声が消えることはない。

幸甚は上半身を倒した。少し身体をずらすと、敏子も身体を倒し、幸甚にしがみつくように身体を寄せてきた。敏子の息が顔にかかる。敏子の体温が伝わってくる。

海からあがってきた敏子の姿態が脳裏にちらつく。

唇をきつく嚙んだ。ぼくは嘉数さんの保護者なんだ。兄代わりなんだ。自分に何度も言い聞かせ、気恥ずかしさとあられもない欲望にあらがった。

気がつくと敏子は寝息を立てていた。幼子のように無邪気な寝顔だった。幸甚に見守られてはじめて、敏子は素直に眠りの世界に入っていったのだ。

外では波の音。壕の中では枯れ木が爆ぜている。耳元で聞こえるのは敏子の寝息。敏子が言ったように、この世界にはだれもいないように思えた。人間だけではない。ありとあらゆる生物がいない。戦争で死滅した世界に、幸甚と敏子だけが取り残されているのだ。

不安だった。だが、嬉《うれ》しくもあった。自分になにができるのかはわからないが、一緒に生きていくのは他のだれでもない敏子なのだ。美しい年上の女性なのだ。

幸甚は右腕をそっと敏子の頭の下に差し入れた。反対の腕を敏子の背中に回した。敏子は起きなかった。安心して眠り惚《ほう》けていた。

そうしていると、身体と身体の触れあっている部分が溶けて融合していくような気がした。幸甚と敏子がひとつになっていく。

その考えは幸甚をとらえて放さなかった。

19

缶詰がなくなってから三日が過ぎた。崖の上では相変わらず砲撃音が続き、海上の米艦からは拡声器で投降を促す下手《へた》くそな日本語が流れてくる。

日が暮れてから水汲み場に来る人間の数が日ごとに減っていく。この辺りに隠れている人々は餓死するか、食料を求めて他の場所へ移っていくのだ。

決断の時が迫っている。

昨日は、拡声器の声に応じて投降しようと、海を泳ぎはじめた兵隊を別の兵隊が射殺する現場を目撃した。

皇国思想に凝り固まっている軍人が近くにいるかぎり、投降することもできずただ餓死を待つしかないのだ。

金城が死んでから、心のたがが外れたのか、敏子は日増しに生気を失っていく。

幸甚が海から採ってくる海草にも口をつけようとはしなかった。

敏子を死なせるわけにはいかない。この壕を捨てて、食料を調達できる場所に移動しなくてはならない。

どこへ行く？

そう考えるたびに国頭《くにがみ》という言葉が頭の中で渦巻いた。もう、島の南部には静かに隠れていられる場所などないだろう。沖縄守備隊は軍隊組織としては崩壊した。まだ戦う気力の残っている軍人たちが、散発的に米軍と銃撃戦を繰り広げているだけなのだ。

いずれその虚《むな》しい抵抗も終わりを告げるだろう。そうなれば、降伏の屈辱を味わうか、壕の奥にこもったまま火炎放射器で生きたまま焼き殺されるか、餓死するかしかない。

兵隊たちは今でも国頭突破を話題にする。戦線の北へ抜けて友軍と合流する。そこから反撃を開始するのだと口では勇ましいことを言っているが、本当はなんとか生き延びる術《すべ》を見つけたいと願っているだけなのだ。国頭に友軍がいるという保証はない。米軍は北にも進軍しているかもしれないのだ。

だが、北には、山原《やんばる》には豊かな森がある。森の中に逃げ込めば、あるいは——

敏子が呻き声をあげた。最近の敏子は昼の間はただ眠り惚けている。時々、悪夢にうなされて呻《うめ》く。

幸甚はしばらく様子を見ていたが、敏子の悪夢は長々と続いていた。

「嘉数さん、嘉数さん」

幸甚は敏子を揺り起こした。ゆっくりと敏子の目が開く。焦点の定まらない瞳が不規則に動き、やがて幸甚を捉えた。

「真栄原君」

敏子が抱きついてきた。

「か、嘉数さん……」

幸甚は丸太のように硬直した。

「どこかに行ってしまったのかと思ったわ」

「嘉数さんを置いてどこかに行ったりなんかしません」

「いなかったじゃない。どれだけ呼んでも返事もしてくれなかったわ」

敏子は夢と現実を混同しているようだった。

「嘉数さん、ぼくはずっとそばにいましたよ」

「え？」

敏子が顔を上げた。長い睫《まつげ》が震えている。ちょっと頭を動かしただけで唇に触れることができそうだった。

「嘉数さんは夢を見ていたんです。しばらくうなされていました」

「いやだ」

敏子が飛びすさるように身体を離した。敏子の体温がまだ残る胸に寂寥感《せきりょうかん》が広がっていく。

「ごめんなさい。わたしったら寝ぼけていたのね」

「いいんです。気にしないでください。それより、食事をとってください」

幸甚は食器代わりの空き缶を敏子に差し出した。海草を小さく切って海水で煮たものだ。美味《おい》しくはないが腹の足しにはなる。

「真栄原君が食べて。わたしは食欲がないから」

「食べなきゃだめです」幸甚は断固とした声で言った。「もう、二日もなにも食べていないじゃないですか」

「でも――」

「ぼくをひとりにするつもりですか？」

敏子が瞬きを繰り返した。

「食べなきゃ、死んでしまいます」

「そうね。食べるわ」

敏子は力なく言うと、缶を手に取った。中の海草を指でつまみ、口に運ぶ。すべての動作が機械的だった。

「ちゃんと全部食べてくださいね」

幸甚はそう言い残し、壕を出た。夕焼けが空と海を染めている。景観はたとえようがないほど美しいのに、心の奥の寒々しさを消してはくれなかった。

沖合の米艦に気づかれないよう、できるだけ腰を屈めて隣の壕まで移動した。幸甚たちのところより広い壕では四人の兵隊たちが寝起きしている。金城の墓を掘るためのシャベルを貸してくれた兵隊はそのひとりだ。

「すみません」幸甚は中に声をかけた。「隣の壕の真栄原です。入ってもかまいませんか？」

「食い物ならないぞ」

シャベルを貸してくれた兵隊の声だった。宮本《みやもと》軍曹だ。

「聞きたいことがあるんです。国頭突破のことで」

壕の中の空気が揺らいだような気がした。

「入ってこいよ」

幸甚は壕に足を踏み入れた。ほとんど半裸に近い兵士たちが、思い思いの格好で地面に横たわっている。

「国頭突破を考えてるのか、坊主」

宮本軍曹が身体を起こした。

「このままここにいても、艦砲射撃にやられるか、餓死するだけです」

実際、近隣のいくつかの壕からは死臭が漂ってきていた。子供に老人、体力のない者から次々と斃《たお》れている。

「そりゃあそうだが……ろくな装備もないのに、戦線を突破するのは不可能に近いぞ」

「海岸線を回っていくというのはどうなんでしょうか？」

「艦砲射撃の餌食になるだけだぞ」

他の兵隊たちも身体を起こしはじめた。

「三日ほど前、遠くまで足を延ばしてみたが、いたるところに米艦がいる。トンボもしょっちゅう飛んでくる」

「夜の間だけ移動すればなんとかなるんじゃないですか。この前もそう言ったじゃないですか」

四人の中で一番若い兵隊が言った。どうやら、海岸沿いに島の北部へ出るという案は、この壕でも何度も話し合われているらしい。

「夜が明けて、隠れる壕が近くに見つからなかったら死ぬことになる」

宮本軍曹が言った。

「ここにいたって、いつかは死にます」

若い兵隊が声を張り上げた。兵隊たちの頬はこけ、身体はがりがりに痩せている。

「それはわかっている。わかっちゃいるんだがな……」

「あの」幸甚は兵隊たちの会話に割って入った。「もし、なんとか島の北側に行くことができたとして、どこに行けば友軍と合流できるんでしょう」

兵隊たちが一斉に俯いた。

「友軍はいるんですよね？」

「わからん」宮本軍曹が俯いたまま答えた。「無線もなにもないんだ。なにがどうなっているのか皆目わからん」

「友軍がいるはずだ。いるに違いない。みんな、そう思いたがっているだけさ」

一番奥にいた兵隊が吐き捨てるように言った。

「友軍はいますよ。いなければ、今ごろ米軍は島のすべてを占領していることになります。それならば、我々はとうに殺されているはずです。友軍が北部戦線で激しく抵抗しているから、米軍もこの辺りに本格的な戦闘を仕掛けることができないでいるんです」

若い兵隊が唾を飛ばしながら訴える。それに反論する声はあがらなかった。

「本気で北部に行くつもりか、坊主？」

宮本軍曹が訊いてきた。幸甚はうなずいた。

「死んだ先輩に約束したんです。必ず嘉数さんを……あの女学生を守ると。このままでは彼女も餓死してしまいます」

「おまえだって今にも死にそうな面だぞ。わかってるのか？」

「ぼくは生きます。絶対に死にません」

苦笑が広がった。宮本軍曹が近くにあった背嚢《はいのう》をたぐり寄せ、中からなにかを取りだした。

「気をつけて行けよ。餞別《せんべつ》だ」

軍曹が放ったそれを幸甚は受け止めた。地下足袋だった。使い古してはいるが穴はあいていない。

「おまえのその足もとじゃ、夜中になにか踏んで怪我をする」

幸甚が履いているのはぼろ雑巾のような足袋だった。足裏も爪先も穴だらけだ。

「ありがとうございます」

幸甚は深々と頭を下げた。

＊　＊　＊

「いいわ。真栄原君に従います」

敏子が言った。この壕を出て北部を目指そうと持ちかけた直後だった。

「もしかしたら徒労に終わるかもしれません。友軍はいないのかも……いたとしても合流できるかどうかの保証はありません」

敏子は大きな目を幸甚に向けたままなにも口にはしなかった。

「それに、米軍に見つかる可能性も高まります」

「いいわ」

「嘉数さん、本当にわかっているんですか？」

「ここにいたくないの」

敏子は幸甚から目を逸らした。彷徨《さまよ》った視線はいつしか金城の墓標に向けられる。

「毎日夢を見るの。恐ろしい悪夢よ。ここにはもういたくない……」

「わかりました。じゃあ、明日、日没と共にこの壕を出ましょう。海岸線を辿って北部を目指します」

敏子がうなずこうとした時、崖の上の方で銃声が鳴り響いた。幸甚と敏子は頭を抱え、その場にうずくまった。

凄まじい銃声だった。拳銃、機関銃、小銃、迫撃砲――ありとあらゆる武器から絶え間なく弾丸が吐き出されている。銃の饗宴《きょうえん》だ。饗宴はいつまでも続いた。

こんなことははじめてだった。夜はいつも静かだった。米軍は必ず日暮れ前に撤退し、日の出と共に動きはじめる。彼らが休む夜だけがこの海岸線で惨めに隠れ住む人々の安息の時間だった。

幸甚はおそるおそる身体を起こした。銃声はまだ続いている。だが、それがこちらに向かってくる様子はなかった。

「なにが起こってるのかしら？」

敏子はまだ頭を抱えてうずくまっていた。幸甚はにじり寄り、敏子に覆い被さった。これからなにが起こるにせよ、敏子を守らなければならない。

「わかりません。とにかく、静かにしていましょう」

敏子の鼓動が伝わってくる。運動を終えた直後のように速かった。敏子は怯えているのだ。

大丈夫だと伝えてやりたかった。なにが起きても必ず自分が守ると安心させてやりたかった。

だが、年下の自分がなにを言っても頼りなく聞こえるだろう。態度で、行動で示すより他なかった。

「戦闘がはじまっているのかしら？」

「こんな時間にあり得ません。それに、沖縄守備隊にはもう、米軍と正面切って戦える力はありません」

「じゃあ、なんのために銃を撃ってるの？」

幸甚は首を振った。きっと、だれも答えることはできないだろう。疑問に答えが出ないまま、不安と恐怖に耐えるしかないのだ。

しばらくすると銃声はまばらになった。しかし、やむことはない。沈黙が訪れたと思うと、またどこかで散発的な銃声が響く。

不安が消えることはなかったが、恐怖は次第に薄れていった。幸甚は敏子から離れた。

「嘉数さん、外の様子を見てきます。ここにいてください」

敏子の返事を待たずに壕を出た。のんびりしていたら、敏子に行かないでくれと懇願されただろう。その懇願を無視することはできそうになかった。

隣の壕の兵隊たちが外に出ていた。三人しかいない。一番若い兵隊の姿がなかった。

「なにがあったんでしょう？」

幸甚は宮本軍曹に声をかけた。

「わからん。田中《たなか》に様子を見に行かせたんだが……」

兵隊たちは崖の上を見つめていた。田中というのが若い兵隊の名前なのだろう。

「北部にいる友軍が奇襲を仕掛けたんじゃないのか」

軍曹の隣にいた兵隊が言った。

「そうだといいんだが……」

軍曹はそう言ったきり口をつぐんだ。

月は出ていなかったが、星明かりが崖の輪郭を浮かび上がらせていた。崖の突端に人影が現れた。

「田中だ」

軍曹が呟いた。

田中は猿のような身ごなしで崖を下りてくる。その姿を見守っていると、近隣の壕に潜んでいた人たちがぞろぞろとやって来た。

「どうだった、田中」崖を下りてきた田中に軍曹が聞いた。「大規模な戦闘か？」

田中が首を振った。

「戦闘なんかじゃありません。夜目だからはっきりと視認はできませんでしたが、連中、酒を飲んで銃を空に向けて撃ちまくっています」

「酒だと？」

「ええ。上半身裸になって、なにか瓶のようなものを傾けながら銃を撃っているんです。それも、かなり多くの数の米兵です」

「友軍の奇襲じゃないのか……」

「残念ながら違います。あれは、なんというか……まるでお祭り騒ぎでした」

どよめきが広がっていく。今日は確か、八月十四日だ。アメリカでは祭日にあたるのだろうか。

「戦争やってる真っ最中にお祭り騒ぎだと？　ふざけるのもいい加減にしろ」

兵隊の一人が地団駄を踏んだ。集まってきた人たちも一様に唇を噛んでいる。胃が痙攣しそうな不安と恐怖に耐えていたのに、米兵たちがお祭り騒ぎをしていると知らされたのだ。はらわたが煮えくりかえっているか、あるいは無力感に苛まれているのだろう。

幸甚は人だかりに背を向け、自分の壕に戻った。敏子が不安をあらわに、両手を胸の前で組んでいた。

「なにかわかった？」

「米兵たちがお祭り騒ぎをしているそうです」

敏子の目が丸くなった。

「隣の壕の兵隊が崖をよじ登って様子を見てきたんです。米兵たちは酒を飲んで銃を撃ちまくっているんだとか……」

「今日はアメリカの祭日かなにかなのかしら」

敏子も幸甚と同じことを考えたようだった。

「だとしても、それなら昼間から騒ぐんじゃありませんか。なぜ夜になって突然……」

「アメリカーの考えることなんて全然わからないわ。生きたまま人を焼き殺す連中よ」

「そうですね」

幸甚は入口近くの平らな場所に腰を下ろした。まだ外では人々がざわめき、散発的な銃声が続いていた。

「真栄原君、そばに来てくれる？」

敏子が囁くような声で言った。幸甚はなんと答えていいかわからず、口ごもった。

「震えが止まらないの。怖くて、悲しくて――」

「わかりました」

幸甚は勇気を振り絞り、敏子の横に座った。敏子が手を握ってくる。確かにその手は細かく震えていた。

幸甚は震えるその手をそっと握り返した。

「真栄原君は戦争が終わったらなにをしたい？」

敏子は壕の外に視線を向けて言った。

「まず、家族を捜します」幸甚は答えた。「それから、飯を腹一杯食べたい」

「その後は？」

幸甚は考え込んだ。いくら思いを巡らせても、両親と妹の無事を確かめたい、ご飯を腹一杯食べたいということ以外にしたいこと、すべきことが浮かんでこない。

「わたしは学校に戻りたい」

敏子が呟くように言った。

「学校か……」

「もちろん家族のことは心配だし、好きなものを好きなだけ食べてみたい。でも、一番に思うのは学校のこと。わたしは世界史が好きで、いつか世界史の教師になりたいと思っていたの。だけど、戦争がはじまってからはきちんとした勉強もできなくなって……戦争が終わったら学校に戻って勉強して、友達と笑って、普通の日々を過ごしたいわ。真栄原君はどの教科が好きだったのかしら」

「ぼくは国語です」

幸甚は答えた。途端に思い出が頭の中に溢れた。敏子の言うとおり、学校に通っていたとはいえ勉学に没頭することはなかった。軍事教練と壕の建設。そのふたつに日々明け暮れ、そして米軍が上陸してきた。

望んでいた勉強はできなかったが、だがそんな日々が苦痛だったわけではない。額に汗して教練や壕の建設に勤《いそ》しみながら、そこには笑いがあり、育まれた友情があり、なによりも希望があった。

だが米軍の圧倒的な軍事力がなにもかもを打ち砕いてしまった。

そう。戻れるものならあのころに戻りたい。それがかなうなら、なにもかもを捨てて逃げ出すだろう。学友たちと、家族と、後ろめたさもなにもかなぐり捨ててこの島から脱出するだろう。

「国語が好きなの？　じゃあ、小説を読んだり——」

「いつか、小説家になれたらなと思ったこともあります」

「どんな小説が好きなの？」

「海外の小説です。スタンダールの『赤と黒』とか、デュマの『巌窟王《がんくつおう》』が特に好きです」

「へえ。いつか、本当に小説家になれるといいわね」

敏子の指が幸甚の指に絡みついてくる。敏子の震えは止まっていた。外から聞こえてくる銃声も気にはならないようだった。幸甚は口の中に溢れてきた唾液を飲みこんだ。

「世界史の教師になって、生徒たちに知っていることを教えて、素敵な男性と恋に落ちて、子供を産んで……わたしが望んでいたのはそんな平凡な人生だったの。でも、真栄原君の夢は雄大よね。小説家か。尊敬するわ」

「そんなことありません。ただ漠然となれたらいいなと思っていただけで」

小説家になりたいという思いはいつしか軍人になるのだという決意にとってかわられた。だが、そのことを敏子に告げるべきではないだろう。

「真栄原君ならなれるわ。だって、強い人だもの」

「ぼくがですか?」

「そうよ」

敏子の視線が幸甚の目を射貫《いぬ》いた。長い睫《まつげ》が揺れている。

「大勢の仲間が死んだでしょう」

「それは嘉数さんも同じだと思います」

「金城君の死にも耐えているわ。わたしはもう、耐えられない」

「ぼくだって……」

声が震えた。幸甚は言葉を飲みこんだ。敏子がいなかったら幸甚も耐えられなかっただろう。絶望と無力感に囚《とら》われ、金城の亡骸《なきがら》のそばで自分も朽ちていったに違いない。

そうならずにいるのは敏子のおかげだ。金城とかわした約束のせいだ。

「真栄原君がいなかったら、わたしはどうなっていたかわからないわ。壕で生き埋めになっていたわたしを助けてくれたのも真栄原君よ」

「だれだって同じことをしますよ」

「そうかもしれない。でも、現実にわたしを助けてくれたのは真栄原君なの。感謝しているわ。世界中のだれより、真栄原君に感謝しているの」

幸甚は沈黙した。敏子の唇に触れたいという欲求が耐え難くなっている。

「もう、明日にはこの壕を出るのよね」

敏子の視線が離れていった。敏子は愛おしげに壕の内部を見渡した。

「ええ」

「なんだか寂しいわ。住み慣れた家から引っ越すみたい」

つい数日前は、早くこの壕から出たいと言っていた敏子だったが、いざ出るとなると、様々な思いが胸に去来するようだった。

「そうですね」

沈黙が下りた。敏子は相変わらず壕のあちこちに視線を走らせている。心ここにあらずといった風情だったが、握りしめた手から伝わってくる鼓動はでたらめな拍子を刻んでいた。

調子外れの鼓動が幸甚の肉体に忍び込んでくる。敏子の心臓が脈打つたびに血が熱くなり、幸甚の脈も乱れていく。

敏子の掌は少しずつ、だがはっきりと熱くなっていく。

いつの間にか崖の上から聞こえてくる銃声がやんでいた。壕の外の話し声も途絶えている。聞こえるのは寄せては返す波の音だけだ。

ふたりきり。この戦争であらゆる人々が死に絶え、幸甚と敏子だけが生き残った。そんな錯覚を覚える静けさだった。

敏子が幸甚を見つめていた。幸甚もその目を見返した。

「みんな死んだ世界にわたしたちふたりだけが取り残されたみたい」

「ぼ、ぼくも同じことを考えていました」

緊張に筋肉が強張《こわば》り、舌を噛みそうになった。

「本当？」

「は、はい」

敏子の表情が恥じらいを帯びた。幸甚はその顔を正視できなかった。

「わたしはそれでもいいわ」敏子が言葉を続けた。「もし、だれもが死に絶えた世界でだれかと生きていかなければならないなら、真栄原君がいい」

「か、嘉数さん……」

敏子が倒れ込んできた。幸甚は痩せ細った身体を抱きとめた。

「大丈夫ですか？」

「動かないで。このままじっとしていて」

敏子の掌で生まれた熱はいまや全身に広がっていた。マラリアにでも冒されたのかと感じるほどに熱い。

だが、それは幸甚も同じだった。熱いだけではなく、全身が発汗し、喉がからからに渇いていた。

「いなくならないでね。わたしを置いてひとりでどこかに行ったりしないでね」

「も、もちろんです。ぼくが嘉数さんを守ります。だから、心配しないでください」

敏子が笑った。敏子は幸甚の胸に顔を埋めていたが、それでも彼女が笑ったことがわかった。

「まるで年上の男の人みたい」

「ぼくは学年が下です。でも……」

「いいの」

敏子の腕が背中に回された。

「え？」

気がつくと敏子の顔が目の前にあった。

「はしたない女だと思わないでね」

なにかを言う前に唇を塞がれた。敏子の唇はひからびていた。それでも充分に柔らかかった。

敏子の唇が離れていく。

「か、嘉数さん……」

「いやだった？」

「そうじゃないです。でも、こんなこといけません」

「どうして？　この世界には真栄原君とわたししかいないのよ。この世にたったひとりの男とたったひとりの女が愛し合うのは当然じゃなくて？」

「でも……」

ふたりきりならどれだけいいだろう。だが、壕の外に出れば人がいる。この地球上には大勢の人が生きている。

「わたしが嫌い？」

敏子の目に怯えの色が走った。幸甚に拒絶されることをなによりも恐れている。

幸甚は深く息を吸い、吐き出した。

「そんなことはありません」

言葉が終わると同時に再び唇を塞がれた。

20

米艦から流れてくる拡声器の声が眠りを妨げた。数隻の船がいつもより海岸線近くを航行している。太陽の位置から見て、時刻は正午を回っているようだった。

「なにかしら？」

敏子が瞬きを繰り返しながら身体を起こした。

「敵艦です。今日はいつもより騒がしい」

幸甚は壕の出口を見たまま言った。気恥ずかしくて敏子の顔をまともに見ることができなかった。

「日本は降伏しました。戦争は終わったのです。武器を捨てて投降しなさい。繰り返します。日本は降伏しました。戦争は終わったのです。武器を捨てて投降しなさい」

波を立てて航行する小型の艦船からそうした内容のたどたどしい日本語の声が聞こえてきた。

幸甚は舌打ちした。馬鹿馬鹿しい。そんな子供だましの手にひっかかると思っているのだろうか。沖縄が負けても、まだ本土が残っている。日本国民は総出で米軍に抵抗するだろう。日本が降伏などするはずがない。天皇陛下がそんなことをゆるすはずがない。

「なにをしているのかしら？」

「敵の作戦です。投降を促そうと、子供でも騙されないような嘘を大きな声でわめいているんです」

「どんな嘘？」

「日本が降伏したと」

敏子が笑った。

「そんな嘘、だれも信じやしないわ」

そう言って、敏子はまた横になった。夜に備えて、昼間は休養に充てるようにと昨夜からしつこく言ってある。

「ぼくは宮本軍曹に会ってきます」

声をかけたが、敏子はもう眠りの世界に落ちたようだった。ここしばらくは悪夢にうなされてまともに寝ていなかったのだ。

壕を出るとすぐに腹這いになり、匍匐《ほふく》前進で進んだ。兵隊たちの壕からなにか言い合うような声が流れてくる。それを米艦の拡声器の声がかき消していった。船からは幸甚の姿が見えるはずだ。だが、銃弾が飛んでくることはなかった。

「馬鹿を言え」

壕に入ると宮本軍曹の怒声が響き渡った。

「しかし、軍曹。自分はこの目で見たんです。米兵たちがお祭り騒ぎをしているところを」

軍曹と向き合っているのはあの若い田中という兵隊だった。

「昨夜、日本は降伏したんですよ。だから、連中はあんなに浮かれてたんです」

「いい加減にしろ」

軍曹の拳が唸った。鈍い音がして、田中が殴られた頬を押さえた。

「大日本帝国が降伏などするものか。帝国軍人の最後のひとりが斃《たお》れるまで戦い続ける。それが我々だ。日本人だ。それを貴様……」

軍曹がまた拳を振り上げた。他の兵隊たちが軍曹と田中の間に割って入った。

「軍曹、しかし、こいつの言うことにも一理あります」

「なんだと？」

「昨日まで、やつらは降伏のこの字も言ってなかったじゃありませんか。今日になって急にそんなことを言い出すなんておかしいですよ」

「貴様は本気で日本が降伏したと思っているのか？」

「そんなことはありません。しかし、なにかがあったのは間違いないのではありませんか。米軍が本土に攻撃を開始したとか」

「それは……」

軍曹が絶句した。

国頭《くにがみ》突破がただの幻想で、北部に友軍がいないのなら、米軍は日本軍の飛行場を占拠しているだろう。そこから日本の心臓部を目指して飛行機が飛び立つだろう。

幸甚は胸の奥に痛みを感じた。米軍機に蹂躙される人々の幻影が頭から離れない。米軍はここ沖縄と同じように銃弾の雨を本土に降らすだろう。あれを喰《く》らったらひとたまりもない。いくら天皇陛下に守られた国でも、あれには耐えられない。

「軍曹殿、国頭突破をはかるしかありません」田中が叫んだ。「ここにいてはなにひとつわかりません。なんとか友軍と合流して、戦線がどうなっているのか、状況を把握しないと」

「友軍がいなかったらどうするんだ？」

兵隊のひとりが口を挟んだ。

「その時は、連中が本当のことを言っているということじゃありませんか。沖縄本島はこの海岸線以外のところを完全に米軍に占領され、やつらは飛行場を整備しているんです。本土攻撃の足がかりを作るためにやつらはこの島に進軍してきたんです。そうじゃありませんか」

田中の言葉に応じる兵隊はいなかった。軍曹ですら、足もとに視線を落としている。

「軍曹殿、国頭を目指しましょう。ここに隠れていてもなんにもなりません」

幸甚はそっと踵《きびす》を返した。幸甚に気づく者はいなかったし、すぐに彼らが結論を出すとも思えなかった。

自分と敏子は結論を出した。なにがどうあろうと、国頭突破を、山原《やんばる》を目指すのだ。

＊　＊　＊

巨大な朱色の太陽が沈んだ一瞬、水平線の一部が緑色に光った。光が大気によって屈折させられ、日没の一瞬、緑色の光だけが人間の目に届くのだ。いつも見えるわけではない。幸甚もこれまでの人生で緑の光を見たのは数えるほどだ。見ること
ができたら、それは幸運の印だ。

英語ではグリーンフラッシュというらしい。理科の吉田《よしだ》先生に習った。吉田先生
は今、どこでなにをしているのだろう。生きていてほしい。それほど好きな教師で
はなかったが、幸甚は痛切に願った。

「行きますよ」

背後の敏子に声をかける。敏子は幸甚の左手をきつく握っていた。敏子もあの緑
の光を見ただろうか。見ていてくれと幸甚は祈った。

「準備はいいわ」

幸甚は背中をひねり、背嚢《はいのう》の位置をずらした。背嚢は軽かった。中に入っている
のは宮本軍曹にもらった地下足袋と手榴弾、それに金城の遺品だけだ。拳銃は腰に
差し、篠原中尉の軍刀は杖代わりに手にしている。なんとしても生き延びて、金城
の家族に遺品を手渡すのだ。

敏子の背嚢は空だった。元々は金城のものだったから、敏子は嫌がったのだが、
食料や貴重なものを見つけた時のために無理矢理背負わせたのだ。

西の空はまだ赤みを帯びて明るかった。洋上に浮かんでいる米艦船の姿が影になって浮かび上がっている。幸甚と敏子は腰を屈めたまま壕を出た。辺りの海岸はまだひっそりと静まりかえっている。水汲みや用足しに隠れている壕から人々が出てくるのは空が闇に覆い尽くされてからだ。

海岸線を伝って西へ向かう。とりあえずの目的地は喜屋武《きやん》の岬だ。岬を通過したら後はひたすら北上していくことになる。足もとの覚束ない海岸を夜間歩くのだ。どれだけ時間がかかることだろう。途中で食料を確保しなければ行き倒れになるだろう。海草ではもう体力が保たない。敏子には叱咤激励して食べさせているが、幸甚自身、もう海草だけの食事にはうんざりしていた。

砂浜を月明かりが照らし出した。上弦の月と呼ぶにはまだ痩せているが、足もとを確かめるには充分な光を放っている。

敏子の手を引いたまま岩場を進んだ。それほど多くはないが、ところどころに割れたガラスの破片や銃弾にえぐられて鋭角に尖《とが》った角を持つ岩が転がっている。誤って踏めば歩くこともできなくなるだろう。いや、体力が落ちている今、怪我は死に直結する。

幸甚は敏子と繋がっている左手に力をこめた。

「痛いわ、真栄原君」

「ごめんなさい。大丈夫ですか？」

「まだ出発して五分も経ってないじゃないの。わたしは平気よ」

岩場を過ぎると、しばらくは平坦な砂浜が続いた。西の空も闇に覆われ、月光が海面を照らしている。砂浜は幅十メートルほどで、砂が途切れた先は急峻な崖になっていた。そこここに壕があり、そこに潜んでいる人たちが幸甚たちの様子をうかがっている気配が漂ってくる。

幸甚は先を急いだ。壕があるということは人がいるということだ。食料が見つかるとは思えない。口に入れられそうなものはすべて食べ尽くされているだろう。

行く手を遮るように盛りあがった岩場を越えようと悪戦苦闘していると、敏子が急に動きを止めた。根が生えたように立ち尽くし、海を見つめている。

「どうしました」

「綺麗」

敏子は海を指さした。穏やかな海面に月と星々が映り込んでいた。月の形をした金のかたまりの周りに砂金をちりばめたかのようだ。

幸甚もその光景に見とれた。見ようによっては首飾りだと思うこともできた。月の形をした金と細かな金で作られた鎖だ。それが海の上に浮かんでいる。波のうねりと共に動いている。

それは残酷なまでに美しかった。この世のものとは思えない金の首飾りを湛えた海は、ほんの数週間前には人々の血で真っ赤に染まっていたのだ。

「夜の海がこんなに綺麗だとは知らなかったわ」敏子が呟いた。「海のそばに住んでいるのに」

「ぼくもです。海は遊ぶところで、眺めるところじゃなかったから……」

夜の闇は米艦も海面に浮いているであろうゴミもかき消して、ただ月と星々を浮き上がらせている。素晴らしいという思いと卑怯《ひきょう》だという思いが交互に押し寄せてきた。

すべてを覆い尽くしてしまえ。戦争という現実も、その戦争で奪われた命、なにもかもを失ってただひとり取り残された魂、空薬莢《からやっきょう》の山、野鳥についばまれ腐臭を放つ死体の群れ、すべてを覆い尽くしてしまえ、この視界から消し去ってくれ。

そう願いながら、しかし、それではいけないと耳元で囁く者がいる。隠してはだめだ。逃げてはだめだ。これがおまえたちの生きている世界だ、死者たちの呪詛《じゅそ》が刻まれた血まみれの大地の上でおまえたちは生きていくのだ。

「なにを考えているの？」

「海はずるい。夜はずるい」

幸甚は抑揚のない声で言った。

「気持ちはわかるわ。なにも知らなければよかった。なにも見なければよかった。時々そう思うの。だけど、それじゃ死んでいった友達の魂が浮かばれない。そうも思う。生き残った人たちはこの戦争のことを、この戦争に命を奪われた同胞のことを決して忘れちゃいけないのよ」

「そうですね」

幸甚の左手と繋がった敏子の右手は温かかった。

「いつか差し上げます」

「なにを？」

「月の形をした金の首飾り」

幸甚は海を見つめたまま言った。恥ずかしくて敏子を直視できなかった。

「わたしに？」

「いつか、嘉数さんに差し上げます」

「そんな言い方、いやよ」

視界の隅で敏子がかぶりを振っていた。

「なにがですか？」

「嘉数さんだなんて。敏子って呼んで。わたしも真栄原君じゃなくて幸甚って呼ぶわ」

「そんなことは……ぼくはまだ」

「幸甚」

幸甚の煮え切らない態度を非難するように敏子が声を張り上げた。

「はい」

「敏子って呼んでみて」

敏子の目には力がみなぎっていた。壕にいたときの彼女とはまるで別人だ。

「ほら、早く」

「嘉数さん……」

「違う。敏子よ。敏子って呼んで」

敏子は恥じらう素振りも見せず、真っ直ぐに幸甚の目を見つめてきた。

「と、敏子さん」

幸甚は言った。

「さんはいらないわ」

「でも……」

「幸甚に敏子って呼ばれたいの。お願い」

息が苦しかった。暑くもないのに汗が噴き出てくる。幸甚は生唾を飲みこんだ。

敏子の顔が近すぎる。吐息が顔にかかりそうだ。もう何日も歯を磨いていないのに
――敏子の大きな瞳に海が映り込んでいた。月の金、星の砂金。ゆらゆらと揺れて
妖しい光を湛えている。

「敏子」

口にした瞬間、心臓が破裂したような錯覚を覚えた。口の中が一気に干上がり、
汗で濡れた身体が冷えていく。

「嬉しい」

敏子が抱きついてきた。

「嘉数さん、だれかに見られたら……」

「敏子よ。これからはずっと敏子って呼ぶのよ」

敏子が頰を胸に押し当ててくる。激しく脈打っている心臓の鼓動を聞かれるので
はないかと思うと、さらに顔が熱くなった。

「だれかに見られます」

「かまわないわ。わたしは幸甚が好き。好きな男の人に抱きついてなにが悪いの？」

敏子の言葉は幸甚の胸の内にするりと忍び込んできた。そうだ。なにが悪いというのだろう。恥ずかしいことなどあるものか。明日死ぬかもしれない身の上でなにをためらう必要がある。

幸甚は敏子の背中に両腕を回した。きつく抱きしめる。敏子は温かかった。柔らかかった。そのまま力をこめ続ければ、敏子とひとつになれるような気がした。お互いの細胞が融け合って融合するのだ。

結婚しよう。

唐突にそう思った。この戦争が終われば、この戦争を生き延びることができたら、敏子と結婚するのだ。敏子は若い。幸甚はなお若い。それでも、周りの人間は納得してくれるのではないだろうか。大勢の人が死んだ。家屋は吹き飛ばされ、田畑は荒れ地に変えられた。戦争はこの島からなにもかもを奪い尽くしていった。

それでも、まだ生きている人たちがいる。なんとか生き抜こうと歯を食いしばっている人たちがいる。いつか戦争も終わるだろう。その時は、失われた田畑や家屋を作り直さなければならない。失われた命を取り戻さなければならない。

結婚をして子をもうける。人としての普通の営みがだれからも祝福されるようになるはずだ。若すぎるなどとはだれも口にしないだろう。子を産み育てることがこの島をかつての姿に戻す最善で最速の手段なのだ。

大人になったらこの島を出て東京に行くと決めていた。軍人になり、天皇陛下のためにこの身を捧げるのだ。

そんな夢はもう捨てよう。この島のために、死んでいった人たちのために、この島で暮らし、結婚し、子を育て、畑を耕そう。

「なにを考えているの、幸甚」

敏子のかすかに怯えたような声に、幸甚は我に返った。

「なんでもありません」

幸甚は言った。

「わたしは……」敏子は幸甚に抱きついたまま海の方に視線を向けた。「このまま時が止まってしまえばいいと思ったの。そうしたら幸甚が動かないから、本当に時間が止まったのかと思って、怖くなって……」

「すみません」

「いいの。さ、行きましょう。夜明けが来る前に行けるところまで行ってしまわないといけないわ」

敏子が離れていった。身体の一部を切り落とされたような痛みを感じながら、幸甚は敏子の後を追った。

21

空腹が限界を超えると吐き気が襲いかかってきた。幸甚は背中を丸めてえずいた。吐くものはなにもないのに吐き気が収まる様子はない。ただ辛く苦しいだけの時間が延々と続いていた。

敏子は日陰で岩に背中を預けたまま動かない。まるで死体のようだ。

金城が眠る壕を出てから四日が経っていた。その間、海草以外の食べ物は見つけられなかった。海岸線を伝っての行軍である以上、人家にも畑にも近づけない。食料を分けてもらえないかと目につく壕はすべて覗いてみたが、冷たく追い出されるか、空っぽの壕に幸甚の声が響くだけだった。

海岸線は北に向かって伸びていた。もうしばらくすれば糸満の海岸に辿り着く。糸満ならば、なんとかなる。そう自分に言い聞かせてきたのだが、まず、敏子が音を上げた。極度の空腹と疲労に身体が言うことを聞かなくなったのだ。敏子の面倒を見ているうちに幸甚の体調も悪化していった。身体が熱っぽく、下痢が続いた。なにも食べていないのに、水のような便が出続けるのだ。

腹痛に襲われ、排便するたびに体力が失われていった。今では動く気力も湧かない。吐くために身体を起こすのがやっとだった。

ここで死ぬのか——諦念《ていねん》に似た思いが打ち寄せ、こんなところで死んでたまるかという強い思いがそれを打ち消す。しかし、それを繰り返しているうちに、諦念が強くなっていくのを止めることはできなかった。

空は晴れ渡っていた。遠く沖合で米艦が波間に揺れているのが見える。ぎらついた日光は幸甚たちの体力を容赦なく奪っていった。

「水……」

敏子の身体が揺れた。幸甚は水筒を手にして、砂の上を這った。水筒の中身も残りすくなくなっている。早く水を汲める場所を探さないと、飢え死にする前に渇きで死んでしまうだろう。

それがわかっていても行動することができないでいた。

水筒の先端を敏子の口にあてがい、ゆっくり傾けてやる。敏子の喉が何度か動いた。

「ありが……」

敏子が言葉を飲みこんだ。幸甚も身を固くした。崖の上から人の声が聞こえてくる。聞き慣れない言葉だ。英語かもしれない。

敏子の目がせわしなく動き、長い睫が震えはじめた。幸甚は生唾を飲みこんだ。声は次第に大きくなっていく。英語に間違いなかった。米兵が近くにいるのだ。

突然、大音量が空気をふるわせた。拡声器を通した声だった。

「みなさん、戦争は終わりました。日本は負けたのです。これ以上無駄なことはやめて投降してください。我々はみなさんを殺したりはしません。食べるものを与えます。お風呂にも入れます。布団で寝ることもできます。安心して投降してください」

発音がおかしいが、意味ははっきりと伝わる日本語だった。

「嘘よ」敏子が言った。「嘘で安心させておいて、投降したら殺すつもりなのよ。そうでしょう?」

「静かに」

幸甚は敏子の口を塞いだ。捕虜になれば男は殺されるか奴隷のように扱われ、女は陵辱《りょうじょく》されて殺される。幸甚たちはそう教わってきた。投降などできるわけがない。

「繰り返します。みなさん、戦争は終わりました。日本は負けたのです……」

拡声器がまた同じ言葉を撒《ま》き散らす。耳を覆ってしまいたかった。

上から石が落ちてきた。幸甚は敏子に覆い被さった。肩に石が当たった。小さな石くれだった。崖のすぐ上に米兵がいる。

敏子の息遣いが荒かった。怯えを孕《はら》んだ目が瞬きを繰り返している。拡声器による呼びかけは続いていた。

「しばらく辛抱してください」

幸甚は囁いた。敏子はうなずいたが、どこか病的な仕草だった。体力の消耗が敏子の気力まで奪っている。

どれだけそうしていただろう。やがて拡声器の声が遠ざかっていった。それと共に米兵たちの気配も薄くなっていく。

「もう大丈夫です」

幸甚は敏子の横に腰を下ろし、背中をごつごつした岩に押しつけた。

話しかけても敏子は反応しなかった。ガラス玉のように虚ろな目で空を見上げている。突然、敏子が立ち上がった。別の岩陰まで行ってうずくまり、吐きはじめた。胃には水しか入っていない。吐くものは胃液しかない。

このままでは敏子は完全に参ってしまう。幸甚自身の限界も近いだろう。

「怖かったでしょう」

幸甚は腰に差した拳銃に触れた。

腹をくらなければならない。罪悪感にとらわれているうちにふたりとも死んでしまうだろう。

敏子を守ると約束したのだ。必ず生き延びると自分に誓ったのだ。

拳銃を腰から抜いた。銃を持つ手がおこりにかかったかのように震えていた。

＊　＊　＊

太陽が地平線に没した。緑の光は見えなかった。月はまだ姿を現していない。夕焼けがおさまるにつれ、闇が濃くなっていく。

新しい足袋は少し大きかったが、脱げ落ちることはなさそうだった。体力の落ちた自分にどれだけ走ることができるだろう。いや、そんな軟弱な考えではだめだ。力の限り走るのだ。敏子のため、自分のため、死に物狂いでやり遂げなければならない。

夕焼けの薄明かりを闇が静かに食い破っていく。幸甚は岩陰に身を潜めたまま機会を待った。敏子が横たわっている浜辺から南へ十分ほど下った海岸だ。すぐそばに小さな壕がある。中にいるのは老人が五、六人と幼児がふたりだ。兵隊はいない。日がとっぷりと暮れた。人影が壕の出入口に現れた。老人がふたり。これから水を汲みに行くのだろう。幸甚は老人たちが視界から消えるのを待った。

拳銃を持つ手が震えた。震えはすぐに全身に広がっていく。悪寒も覚えはじめた。風邪ではない。これから自分が行おうとしていることへの恐怖と嫌悪に身体が拒否反応を示している。

幸甚は目を閉じた。死ぬ間際の金城を思い起こす。

金城さん、約束は守ります。敏子さんを、いや、敏子を必ず守ります。金城さんの遺品を必ず家族のもとに届けます。そのために生きます。地獄に堕《お》ちることになったとしても、この戦争を絶対に生き延びます。

目を開けた。震えは収まる様子がなかったが、悪寒は消えていた。水汲みに出た老人たちの姿が見えなくなっていた。

幸甚は動いた。腰を屈めたまま岩場を縫って壕に近づく。なにかを煮炊きしている匂いが漂ってきて、胃が大きな音を立てた。

思った通りだ。あの壕には食料がある。だからこそ、老人と子供たちだけでこれまで生きてこられたのだ。

壕の入口近くの岩まで駆け寄り、岩に背を向けてしゃがんだ。たいした距離を移動したわけでもないのに息が上がっている。深呼吸を繰り返しながら拳銃の遊底《ゆうてい》を引いた。遊底を元に戻すと弾丸が薬室に送り込まれる。安全装置を解除して拳銃を握り直した。拳銃は十四年式と呼ばれるものだ。元々重かったが、弾丸を装填するとさらに重く感じられた。

呼吸が整った。水汲みに出た老人ふたりが戻ってくる前に事を終わらせてしまわなければならない。

幸甚は拳銃を両手で握った。勢いをつけて立ち上がる。そのまま壕の中に飛び込んだ。

「動くな。動くと撃つぞ」

自分のものとは思えない重苦しい声が壕の空気を震わせた。壕にいた人たちが凍りついた。老人ひとりに老婆がふたり、ようやく乳離れしたばかりのような子供がふたり。

「なんの真似だ？」

腰の曲がった老人が口を開いた。

「黙れ」

幸甚は銃口を老人に向けた。子供たちが火がついたように泣き出した。老婆たちが子供を抱きかかえた。

壕の真ん中で火の上に飯盒《はんごう》が吊されていた。米の炊ける匂いが鼻をくすぐる。胃が大きな音を立てた。

「それをこっちに持ってくるんだ」

幸甚は左手で飯盒を指さした。

「年寄りと子供から食べるものを奪おうというのか」

「黙れと言っているだろう」

「それでもうちなーんちゅか。恥を知れ」

老人は幸甚の言葉を無視した。顔をゆがめ、唾を飛ばしながら幸甚を詰《なじ》る。

「やめろ」

「自分だけが助かればいいのか。子供たちが死んでもかまわんと言うのか」

耳を塞ぎたかった。老人に指摘されるまでもない。自分がやろうとしていることは鬼畜の所業だ。だが、それがわかっていてもやらなければならないのだ。

幸甚は引き金を引いた。凄まじい銃声がすべての音を飲みこんだ。老婆たちは子供たちを抱きしめたまま地面に伏せ、老人は唇をわななかせて幸甚を見つめた。その目がじわじわと潤んでいく。

「動くなよ。次は本当に撃つぞ」

幸甚は銃を老人に向けたまま火に近づいた。銃口から立ちのぼる硝煙が目に入る。泣くものか。

やると決めたのだ。怯むものか、後悔などするものか。

「頼む。もう食べるものもそんなに残ってはおらんのだ。子供らのために、頼む」

老人が地面に膝をつき、頭を下げた。幸甚は飯盒に手をかけた。熱い。だが、手を離すつもりはない。

「動くなよ。一歩でも動いたら撃つからな」

右手に銃を、左手に飯盒を持ったまま後ずさった。

「子供たちが死んでもいいと言うのか」

「ぼくだって子供だ」

幸甚は叫び、身を翻《ひるがえ》した。全力で駆ける。息が上がっても足がもつれても止まらなかった——いや、止まれなかった。

息が苦しい。飯盒の持ち手を握る掌が熱かった。きっと火傷している。足が攣《つ》りそうだ。

視界が滲んでいた。いつの間にか泣いていた。泣くなと自分に言い聞かせても涙は溢れてくる。

心が張り裂けそうだ。呼吸の苦しさも、手や足の痛みも、胸を引き裂かれるような辛さの前ではどうということもなかった。

22

米には芯《しん》が残っていた。かまわず食べた。敏子も同じだ。飯盒《はんごう》の中の米を手ですくって口に放り込んでいる。

飯盒を持って壕に戻った幸甚を見つめた敏子の目は幸甚と同じ絶望の色を孕んでいた。幸甚がどうやってその飯盒を手に入れたのかを悟ったのだ。

だが、湯気を立てる米を見た瞬間、目の中の絶望は消えた。代わって現れたのは飢えた獣のようなぎらついた光だった。

米は甘かった。まるで砂糖をまぶしてあるかのようだ。こんなに美味しい米を食べたことはなかった。

飯盒は瞬く間に空になった。幸甚は底にこびりついた米を丁寧にかき集め、おにぎりのように丸めた。

「食べてください」

敏子に差し出す。

「わたしはもうお腹いっぱい。幸甚が食べて」

「ぼくは大丈夫。敏子が食べて」

「でも……」

「先は長いんです。少しでも体力をつけなきゃ。ぼくは敏子より余力があるから」

幸甚は断定的な口調で言った。敏子の睫《まつげ》が下がった。

「ありがとう。いただきます」

敏子は小さなおにぎりを受け取り、一口ずつ食べはじめた。

「水を汲んできます」

幸甚は水筒を片手に浜辺に出た。日はすっかり暮れていた。水筒にはまだたっぷり水が残っていた。幸甚は岩陰に腰を下ろし、膝を抱えた。

空腹が癒えた途端、後悔の念が押し寄せてきた。泣き叫ぶ子供らの声。恐怖に引き攣る老婆たちの顔。侮蔑に満ちた老人の目。

幸甚は声を殺して泣いた。

天皇陛下、父さん、母さん、今日、ぼくは同胞を銃で脅して食べ物を奪いました。そうしなければ敏子が死んでしまうからです。金城さんとの約束を守れなくなるからです。

ぼくたちは敵を撃ち斃《たお》すはずでした。そのために勉学を顧みず、厳しい訓練に耐えてきました。ぼくの手にある銃は敵に向けるためのものです。なのに、今日、ぼくはその銃口を同胞に向けました。年老いた人たちに、まだ幼い子供らに銃口を向けたのです。

どうしてですか？　どうしてこんなことになったのですか？　戦争のせいですか？　ならば、戦争とは一体なんですか？　なぜ同胞を脅して食べ物を奪わなければばならなくなるのですか？　そうまでしてする意味が戦争にはあるのですか？

幸甚の問いかけに答えるものはいなかった。ただ、波が静かに打ち寄せてくるだけだ。銃声も爆音も聞こえない。戦争など遠い異世界のできごとのようだった。

幸甚は銃を手に取った。銃口をこめかみに押し当ててみる。安全装置を外し、引き金を引けば死ぬことができる。自分がしてきたことすべてを懺悔《ざんげ》しながらあの世にいくのだ。それが一番いいことのように思えた。

しかし、引き金に指をかけると金城の痩せ細った顔が脳裏に浮かんだ。悲しげに睫を伏せる敏子の顔も浮かぶ。

死にたいのに死ねない。

再び幸甚の思いは同じところに行き着く。どうしてこんなことになったのだろうか。

国頭《くにがみ》への道のりは遠い。これから先も、同胞から食べ物を奪わねば生きていけない。

また同じことができるとは思えない。あの壕から逃げる時の胸の痛みに耐えられるとは思えない。金城との約束を違《たが》えることになったとしても、二度とできない。

「それでも……」

幸甚は顔を上げて泣きながら自嘲した。また飢えれば、死んでしまいたいぐらいの飢えに襲われたら、また同じことをしてしまうのではないか。

足音がした。幸甚は静かに振り返った。敏子がこちらにやって来る。幸甚は慌てて涙を拭った。

敏子は無言のまま隣に座り、幸甚の手を握った。

「幸甚だけの罪じゃないわ」

幸甚はうなずいた。

「きっと、幸甚ひとりだったらそんなことしなかったと思う。わたしのせいよ」

「そんなことはありません。ぼくはただ……」

言葉が続かなかった。

「火傷しているわ」

敏子が幸甚の左手を見つめた。掌に一本、火傷の線が走っていた。火の上の飯盒を摑んだ時にできた火傷だった。

「平気です」

「わたしのために……」

敏子は幸甚の掌に唇を押しつけた。

「一緒だから。生きるのも死ぬのも一緒だから。だから、自分だけで罪を背負おうとしちゃだめ」

幸甚はうなずいた。

「わたしのために生きて。わたしのそばにいて」

幸甚はもう一度うなずいた。

「生き延びよう。生き延びて、みんなにわたしたちがしたこと、しなければならなかったことを伝えるの。家族に、仲間に、みんなに。そうしないと、またどこかで戦争が起こっちゃう」

「ぼくたちみたいにしないと生きていけない人たちが現れる」

今度は敏子がうなずいた。

「こんなのいや。本当にいや。でも、幸甚がいてくれるからなんとか耐えられる」

「ぼくもです」

敏子がいなかったら、金城との約束がなかったらとうに死んでいただろう。

突然、腹が鳴った。急激な便意に体温が下がっていく。疲弊した胃に芯のある米を大量に送り込んだせいだ。

「すみません」

幸甚は立ち上がり、用を足せそうな場所を探した。こんな状況にあっても、排泄の気配を悟られたくはなかった。

敏子から遠く離れた岩陰でズボンをおろした。液状の便が迸《ほとばし》る。

あれだけの思いをして手に入れた米が、なんの栄養にもならず、ただ口から肛門へと通過していく。

「生き地獄だ」

腹痛に顔をしかめながら、幸甚は苦悶《くもん》の声をあげた。

23

海岸線を北上するに従って、目に入る人の姿も減っていった。生き残っている人々は米軍の目を逃れるために、南の海岸にへばりついている。

人がいないということは、食料を調達する機会も減るということだ。目につく壕を覗いてみても、立ち去った後か、だれも使っていない壕ばかりだった。

昼の間は無人の壕で休息を取り、夜の間に少しずつ移動する。その移動距離が日を追うごとに短くなっていく。幸甚も敏子も極端に体力が落ちていた。あの夜、幸甚に続いて敏子も下痢をした。あれだけの思いをして手に入れた米が、すぐに排泄されてしまったのだ。口に入れられるものは海草しかなかった。それも、量は食べられず、敏子にいたっては食べたそばから吐いてしまう。敏子は幽鬼のように痩せ細り、歩き出してもすぐにふらついてしまう。

そんな敏子を幸甚は背負った。ふたりぶんの体重を受けた筋肉が不満を漏らし、関節が苦痛を訴える。だが、夜の間、歩くことをやめはしなかった。十歩ごとに休息が必要でも、それが八歩になっても五歩になっても、とにかく歩いた。

なけなしの食料を奪ってきたあの老人たちや子供らに顔向けができない。ここで斃《たお》れるぐらいなら、最初からあんなことをしなければよかったのだ。

海岸線の形から、自分たちが糸満付近にいるのだという目星はついた。だが、ここから国頭《くにがみ》まで、どれだけの夜を歩き通せばいいのだろう。それを考えるだけで気が遠くなる。

空が白みはじめていた。明るくなる前にどこかの壕に逃げ込まなければならない。幸甚は立ち止まり、辺りを見渡した。少し先に海に向かってぽっかりと口を開けている壕が見えた。

「今日はあの壕で休みましょう。後で海草を採ってきます」

背中の敏子に声をかけたが返事はなかった。規則正しい呼吸が聞こえる。眠っているのだ。

敏子を起こさぬよう気を遣いながら歩を進め、壕の中に入った。

腐臭が鼻についた。鉄血勤皇隊として南部に向かって転進をはじめた時から嗅ぎ慣れた匂いだった。だれかの身体の一部が膿んでいる。

幸甚は目を凝らした。壕の内部は思ったより広い。十畳以上はありそうだった。足もとにはごつごつした石が転がっているが、所々にその石をどけた跡がある。最近までだれかに使われていた壕なのだ。

壕の一番奥にひとかたまりの影があった。岩にも見えるし、横たわった人にも見える。幸甚は銃を抜いた。膿《うみ》の匂いがするからには、あの影は人のものなのだ。

敏子を背中からおろし、銃をかまえた。石つぶてを拾い上げて影に投げつけた。

影が動いた。やはり人だったのだ。

「動くな。こっちは銃を持っているぞ」

幸甚は威嚇の言葉を投げつけた。

「今からそっちに行くが、動くなよ。動いたら躊躇《ため》らうことなく撃つ」

影が動きを止めた。幸甚はゆっくり近づいた。腐臭が強くなる。目を凝らす。影の輪郭がはっきりしてきた。地面に横たわっているのは老人だった。頭髪は綺麗に禿《は》げているが、顔の下半分は白い髭に覆われている。肌に艶がなく、唇が干からびていた。

「あなたひとりですか？」

幸甚の問いかけに、老人は小さくうなずいた。幸甚は老人の周囲をぐるりと回った。老人が身にまとっているのはぼろきれ同然の衣服だった。袖や裾がぼろぼろにすり切れ、泥で汚れている。左脚の裾から覗く足首が腫れて変色していた。

「他の人たちは？」

「水を……」

幸甚は銃を置き、水筒を老人の口にあてがった。老人が一息ついたところで水筒を離す。

「大丈夫ですか」

老人はまたうなずいた。言葉を発する体力もないのかもしれない。

マッチを擦る音が聞こえた。敏子が背嚢《はいのう》から出したのだ。壕の中が明るくなり、老人の顔がはっきりと見えた。

「具志《ぐし》のおじい……」

幸甚は呟いた。

「わ、わしを知っているのか？　あんたはだれだ？」

「幸甚です。真栄原の家の幸甚です」

間違いなかった。老人は同じ町内の具志家の長老だ。

「真栄原のところの坊主か……」

具志老人は咳《せ》き込んだ。幸甚はその背中をさすった。

「おじい、家族のみんなはどうしたの？」

「みんな行った。わしを置いて行った」

「そんな……家族なのに」

具志老人の痩せ細った手が幸甚の手を握った。

「おお、こんなに痩せて。前に見た時は子供らしくしておったのに」

「おじいだって皮と骨だけじゃないですか」

ふいに暗闇がすべてを覆った。再びマッチを擦る音がして、明かりが闇を追い払った。幸甚は振り返る。敏子が座ったままマッチを持っていた。幸甚は感謝の意味をこめてうなずいた。

「あそこに――」具志老人は壕の一番奥を指差した。「石が積んであるのが見えるか?」

「はい」

「石をどければ甕《かめ》がある。中に味噌が入っている。食べるといい」

味噌という言葉を聞いた瞬間、口の中に唾液があふれかえった。

また壕が暗くなった。三本目のマッチを擦ろうとする敏子の気配を感じて幸甚は振り返った。

「もういいです。マッチはとっておいてください」

湯を沸かして味噌を溶けば味噌汁になる。食べ飽きた海草も、味噌汁となれば話は別だろう。

幸甚は這うようにして奥へ進んだ。大きな三つの岩に囲まれた窪みに蓋をするように石が積んである。その石を丁寧にどかした。ところどころが欠けた甕が見えてきた。それと同時に味噌の香ばしさが鼻をつく。唾液が止まらない。

小さな甕だった。何度も唾を飲みこみながら、幸甚は甕の奥に手を差し入れた。もう少しで底に届きそうだというところで、指先がぬめったものに触れた。甕から手を出し、指先を舐める。こくのあるしょっぱさに舌が痺《しび》れた。

「味噌です」幸甚は振り返った。「これで味噌汁を作りましょう」

暗闇の中、敏子が微笑む幻影が見えた。

＊　＊　＊

飯盒《はんごう》の中の水が沸騰した。幸甚は湯の中に細かく引きちぎった海草を放り込んだ。頃合いを見て飯盒を火から下ろし、指ですくった味噌を入れる。湯気が立ちのぼり、味噌の匂いが鼻をくすぐった。

お椀などはないから、ある程度冷めるのを待って飯盒から直に飲むしかない。

「もう少し待ってください」

具志老人と敏子に声をかけた。ふたりは地面に横たわったままだ。

味噌汁が冷めるのを待つ間、幸甚はふたりが身体を起こすのを手伝った。敏子も老人も自分の力だけでは上体を支えきれないから、適当な大きさの岩の近くまで移動させて背もたれにしてやる。

味噌汁はまず、具志老人のところへ持っていった。

「おじい、飲んで。火傷しないよう気をつけて」

「ありがとう」

飯盒はまだ熱かったが火傷するほどではなかった。具志老人は飯盒を両手で摑み、ゆっくりと味噌汁を啜った。

「……旨《うま》い」

具志老人は溜息をついた。目尻から涙がこぼれ落ちる。

「もっと飲んで、おじい」

「わしはもういい。若い者がたんと飲め」

幸甚はうなずき、飯盒を敏子に渡した。敏子は何度も味噌の匂いを嗅いだ。

「お味噌汁が飲めるなんて夢みたい」

「出汁《だし》を取ってないから、そんなに美味しくないと思うけど……」

「こんなご馳走《ちそう》、他にはないわ」

敏子が味噌汁を啜った。静かに、しかししっかりと海草を咀嚼《そしやく》する。

「これなら海草も食べられる。別の食べ物みたい」

敏子が飯盒を幸甚に渡そうとした。幸甚は首を振った。

「もっと食べて。体力を回復しないと、ここから動けなくなるよ」

「そうね……」

敏子がうなずいた。

「おまえたちはどこへ行くつもりなんだ」

具志老人が言った。

「国頭へ。山原《やんばる》に出たら、友軍がいるはずだと兵隊たちが話していたんです。なんとか辿り着ければ――」

「何日か前、ふたりの兵隊がこの近くを通った。北から来たと言うておったわ。国頭突破とかいうのを試みて、なんとか米軍の戦線をくぐり抜けたのはいいが、山原も米軍だらけだったそうだ」

「そんな……」

幸甚は唇を噛んだ。敏子も味噌汁を啜るのを止めて具志老人の言葉に耳を傾けている。

「当たり前だろう。この島で起こったことを考えろ。米軍は無敵だ。帝国陸軍がかなうはずがない」

「それじゃ、ぼくたちは……」

言葉が続かなかった。一縷《いちる》の望みを打ち砕かれて、絶望が心身を喰らい尽くしていく。手足に力が入らなくなっていた。

「ここにおればいい。周りに人の姿はなかっただろう？　みんな米軍に追い立てられるようにして南へ逃げていった。最近まで、米兵がたまにやってきて生き残りがいないか調べていたが、それももう終わった。ここにはだれも来ない」

「でも、食べ物が……」

甕の中の味噌はわずかしか残っていない。いや、もし味噌がたっぷり残っていたとしても、海草の味噌汁だけで何日も食いつなぐことはできないのだ。

「ここの崖を登って東に半里ほど行くと、きび畑がある。米軍に焼かれていなかったらきびも残っているはずだ。それに――」

具志老人は声を低めた。

「それに？」

「畑の南に米を隠しておいた。米軍が上陸する前だ。だれにも荒らされていなかったら、米はまだそこにあるはずだ」

「この辺に米兵はたくさんいるのかな、おじい」

具志老人は首を振った。

「十日ほど前はうようよいたが、今はいない。みんな南へ下っていった。わしの家族も、米兵を怖がって南へ行った」

「おじいのその脚はどうしたんですか？」

敏子が口を開いた。

「小銃で撃たれたんだ。米兵のやつらに……おかげで動けなくなった」

「みんなおじいを置いて行ったの？」

「わしが行けと言ったんだ。この傷じゃどうせ助からん。わしはいいから、みんなで生き残れとな」

そして家族はわずかばかりの味噌を残してこの壕から去っていったのだ。具志老人の怪我をした脚からは、死ぬ直前の金城から漂ってきたのと同じ匂いがする。

「おじい、脚は痛くないの？」

敏子の問いかけに、具志老人は寂しそうに笑った。

「もう何日も前からなにも感じないんだよ、お嬢ちゃん」

＊　＊　＊

「どうするの？」

海水で飯盒を洗いながら敏子が言った。たった一杯の味噌汁が敏子に驚くべき力を与えていた。いや、具志老人の存在が大きいのかもしれない。敏子は怪我人や病人をほうっておけないのだ。

「友軍がいないなら、国頭突破をする意味がありません。もし、おじいの言うように隠してある米が見つかったら、ここに留まりましょう」

「もし？」

「おじいは嘘つきで有名なんです」

嘘つきというのは当たらないかもしれない。大言壮語が過ぎるのだ。近隣の大人たちは具志老人の言葉を話半分で聞くのが常だった。

「大怪我をしているお年寄りを嘘つき呼ばわりするなんて……」

敏子の声には非難の響きがあった。家族と別れた時の話も作り話だ——幸甚は喉元まで出かかっていた言葉を飲みこんだ。

具志老人は長男の嫁と折り合いが悪かった。具志老人は大言壮語するだけでなく、我儘《わがまま》でもあったのだ。庭先で口論している具志老人と嫁の姿を幸甚も何度か見かけたことがあった。普通なら、舅《しゅうと》に口答えする嫁が白い目で見られるのだが、具志家の周辺ではだれもが嫁に同情していた。

長男も孫も戦争に駆り出されているとしたら、具志家に残っていたのは老人と女、子供だけだろう。家長の具志老人が怪我をしたなら、主導権は嫁が握ったはずだ。ならば、嫁が具志老人を見捨てたと考える方が理屈が通る。

「おじいも死にますよね」

幸甚は独り言のように呟いた。敏子の手が止まった。長い沈黙のあと、敏子はうなずいた。

「そうね。そんなに長くは保たないと思う。金城さんの時と同じ。薬もなにもないから」

幸甚は振り返った。壕の中は静まりかえっている。具志老人は味噌汁を飲んだ後、眠りについたのだ。

飯盒を洗い終えた敏子が壕に戻っていく。具志老人を見守るつもりなのだろう。

幸甚は視線を海に戻した。沖合に敵艦の明かりが見える。どこからともなく零戦がやってきて敵艦を攻撃する姿を期待しても無駄だ。友軍はいない。本土から応援部隊が来ることもない。きっと、すべての戦力は本土防衛のために集中させられるのだ。

沖縄は見捨てられた。お国のため、天皇陛下のために命を賭《と》して戦えと教えられ、その通りにしたら見捨てられたのだ。

「いいよ」

幸甚はひとりごちた。

「おじいの嘘に付き合うよ。米があってもなくても、おじいが死ぬまでそばにいるよ。だって、ひとりで死ぬのは寂しいだろうから」

幸甚は身を翻した。夜が明けるまでにはまだしばらくある。辺りは薄暗いが、星明かりが視界を確保してくれていた。

崖を登ろう。きび畑に向かおう。米を探してこよう。

食べるものさえあれば、生き延びることはできるのだ。

24

崖の上に達したときには疲労困憊《こんぱい》していた。崖から遠ざかると地面に倒れ込み、荒い呼吸を繰り返した。なかなか息が整わない。情けないほどに体力が落ちている。

急がなければ夜が明けてしまう。

幸甚は身体を起こそうとした。だが、手足に力が入らない。筋肉が痙攣を起こしている。

「くそ」

自分を罵りながら、四つん這いのまま、犬のように前進した。顔にたかろうとしてくる虫を手で払いのけるだけでまた息が乱れた。どこかで葉擦れの音がするたびに動きを止めて身を固くした。

進む速度は遅々として上がらない。これでは夜明けまでに壕に戻るのは無理だ。

幸甚は自らを鼓舞して立ち上がり、足もとがふらつくのを懸命にこらえた。頼りない星明かりが風に揺れる雑草を照らしていた。雑草を踏みしだいた跡が東の方へ続いている。具志老人が言っていた畑へと続く道しるべだった。

人の気配はなかった。味方はもちろん、敵兵の姿もない。

幸甚はふらつきながら雑草の間を進んだ。喉が渇いていた。空腹は耐えがたかった。だが、脚を止めることはかなわなかった。自分の意思以外の力が身体を突き動かしている。

転んでは立ち上がり、立ち上がっては転んだ。

もういい。おまえなんかこのまま雑草に埋もれて朽ち果ててしまえばいい。

何度そう思ったかわからない。だが、そのたびにどこか悲しげな敏子の顔が脳裏に浮かぶのだ。

敏子を悲しませてはいけない。その思いに突き動かされて幸甚は進んだ。倒れても、倒れても、そのたびに起き上がり、歯を食いしばって足を前に出した。

気がつくと、きび畑の前に立っていた。いや、正確にいえば、かつてきび畑だった場所の前に立っていた。きびは米軍の砲弾によってすべて吹き飛ばされ、土がえぐれ、あちこちに穴があいている。しかし、それはまごうことなくかつて具志老人が丹精をこめて手入れしてきた畑だった。

胃が鳴った。どこかから甘い匂いが漂ってくる。きびの匂いだった。幸甚は畑に足を踏み入れた。膝をつき、土を掘り返す。指先がきびに触れた。掘り出し、皮をはぎ、土がついているのもかまわずきびの汁を吸った。

甘い液体が舌の上に広がって、全身が痺れた。甘美な痺れだ。濃厚な糖分に身体が喜びに打ち震えている。母の乳首を口に含んで離さない赤ん坊になったような気分だった。吸っても吸っても渇きは癒えない。空腹も満たされない。

汁を吸い尽くすと、幸甚はきびを投げ捨て、また土を掘った。新たなきびを見つけては吸い、吸い尽くしては投げ捨て、また土を掘る。

なんとか飢えと渇きが満たされたときには、周りにきびの残骸が何本も転がっていた。

「よし」

幸甚は立ち上がった。身体に活力が漲《みなぎ》っている。息も絶え絶えでここまでやって来たというのに数本の腐りかけたきびの汁を吸っただけでなんでもできるような気分になっている。人間の心と身体はなんといい加減にできているのだろう。

星空を見上げた。具志老人は畑の南側に米を隠したと言っていた。星の位置で方角を探るのだ。

星を頼りに畑の中を移動した。砲弾にえぐられた穴になんども足を取られ、転んだ。泥だらけになりながら具志老人の言っていた隠し穴を探した。

畑の南側、畦道《あぜみち》から少し行ったところ――具志老人はそう言っていた。しかし、砲撃のせいで、畑と畦道の区別がつかなくなっていた。

土や雑草をかき分け、目を皿のようにして隠し穴を探した。

不自然な場所があった。そこだけ雑草の背が低いのだ。近づいてみると板きれが見えた。地面に膝をついて土を押しのけた。板きれに見えたのは桶の蓋だった。蓋の下には深い穴が掘ってあった。穴の底には米俵が置いてあった。

「おじいの言ったことは本当だったんだ」

思わず叫び、幸甚は自分の手で口を閉じた。だれもいない畑に声はどこまでも響いていく。石像のように身を固くしたままだれかが現れるのを待った。だれもやっては来なかった。

穴の中に腕を突っ込み、米俵に指をかけた。俵はずしりと重かった。

「米だ。米を腹一杯食える」

涙が視界を滲ませた。米俵を引っ張り上げ、中の米を三分の一ほど背嚢《はいのう》に移した。戦時下ではなにが起こるかわからない。米兵が現れて壕を追われるかもしれないし、飢えた友軍に米を奪われるかもしれない。万が一のため、米俵はここに残しておく方が安全に思われた。

米を入れた背嚢を背負った。重さは感じない。きびの甘い汁と腹一杯米を食えるという期待のために気分が高揚している。

幸甚は駆けた。来るときは這いながら進むことしかできなかったのに、今は足も軽い。世界の果てまで走っていくことができそうだった。

＊　＊　＊

幸甚は鋭い視線を壕の外に走らせた。米の炊ける香ばしい匂いが壕には立ちこめていた。

幸甚が米を持って戻ると、だれかが南の方へ歩いて行ったと敏子が言ったのだ。米の匂いにつられて戻ってくるかもしれない。銃かなにかで米を脅し取ろうとするかもしれない。幸甚が他の壕でそうしたように。右手に握った銃はまるで身体の一部になったかのように掌と一体化していた。

敏子が火の前で鼻歌を口ずさんでいる。具志老人がそんな敏子を穏やかな表情で眺めていた。飯盒《はんごう》一杯分の米が、人をこんなにも幸せな気分にしてくれるのだ。

「幸甚、炊けたわよ」

敏子が歌うように言った。具志老人も上半身を起こしている。幸甚はもう一度壕の外に目をやった。この壕に近づいてくる人間はいない。ただ、穏やかな波が引いては寄せているだけだった。

「早く」

敏子にせかされ、壕の奥へ移動した。飯盒が火から下ろされている。敏子は濡れた布巾をかけてから、飯盒の蓋を開いた。湯気が立ちのぼり、炊きたての米の香りが一気に広がった。

「おにぎりにするわね。もう少し待って」

敏子が言った。具志老人が目を剝いた。

「わしはこのままでいい。腹ぺこなんだ」

「おじい、ずっと我慢してきたんだから、あと数分ぐらい待てるでしょう。ご飯は逃げたりしないから」

孫のような年の少女にたしなめられ、具志老人は苦笑した。いつも気むずかしい顔をしていた具志老人からは想像もつかない明るい笑みだった。

敏子は水で濡らした手に甕の中の味噌をなすりつけた。手際よくおにぎりを作っていく。

「はい、おじい」

最初のおにぎりは具志老人に手渡された。具志老人は熱いと口走りながら、おにぎりを頬張った。

「うまい」

その声を聞いただけで口の中に唾が溢れた。はやる気持ちを抑えつけ、敏子が作ってくれたおにぎりを静かに頰張った。

米は甘かった。嚙めば嚙むほど甘みが増した。おかずなどいらなかった。味噌の塩気と風味だけで充分だった。

行儀悪く食べる人間はいなかった。三人が三人とも、慈しむようにゆっくりと米を嚙み、少しずつ飲みこんでいく。

「うまい。死ぬ前に、もう一度白い飯を食いたいと思っていたんだ。ありがとうな あ、坊主。せっかく米兵どもが来る前に米を隠したっていうのに、この脚じゃ取りに行くこともできん」

「おじい、米の隠し場所、家族にも教えなかったの？」

「あれはわしの米じゃ」

具志老人の横顔にかたくなな線が引かれた。意固地で頑固な老人の顔だ。

「どうしてぼくたちには教えてくれたの？」

「言っただろう。死ぬ前にもう一度白い飯を食いたかったんだ」

「もしかしたら、ぼくたち、米だけ持って逃げたかもしれないじゃないか」

「もう何日も人を見ておらんのだ。おまえたちが来なければ、ひとりで死ぬしかなかったろう。だから、教えたんだ。米を持ち逃げされたとしても、それがわしの運命だ」

具志老人はしんみりとした口調で言い、おにぎりを頰張った。

具志老人は自分が隠した米を仲の悪い嫁に分け与えたくなかったのだろう。嫁憎しの一念で、他の家族にも食べさせることを拒否したのだ。

その米を、赤の他人の幸甚たちが食べている。その皮肉に思いを巡らそうとしたが、頭に浮かぶのは自分の家族と学友たちだった。

みんな生きているだろうか。元気でいるのだろうか。父と母、妹は飢えてはいないだろうか。

げんきんなものだと幸甚は自嘲した。ここ数日、家族のことを思ったことはほとんどなかった。自分と敏子が生きていくこと、食べていくことにかかりきりでそんな余裕はなかった。

だが、一旦、空腹が満たされれば、頭に浮かぶのは家族のことだけになる。たった一握りの米のなにが、人間をこうも変えてしまうのだろう。

「おじいは死なないわよ」

敏子が明るい声で言った。

「わたしと幸甚がおじいの面倒を見るわ。わたしたちのこと、実の孫だと思ってね」

敏子の顔つきもこれまでより幼く見えた。幸甚とふたりで行動している間、敏子は年上であることを自覚していたに違いない。だが、具志老人と邂逅《かいこう》したことで、最年長という責任を肩からおろすことができたのだ。

「わしは死ぬ。脚が腐りはじめておるんだ」

「大丈夫よ。わたしがついてるんだから」

敏子は朗らかに笑い、手に残ったおにぎりを一気に頬張った。

具志老人の脚からは腐臭が漂ってくる。だが、もう気にならなくなっていた。沖縄のいたるところで、似たような匂いが立ちこめているのだ。

幸甚は一口、おにぎりを食べ、また自分の家族に思いを馳せた。

みんな、生きているだろうか。元気でいるのだろうか。

＊　＊　＊

具志老人の米には魔法がかけられているかのようだ。米を食べる前は歩くのもやっとだったのに、今は全身に力が漲っている。

幸甚は海の底に目を凝らしながら静かに水を蹴った。雲がほとんどない青空に、太陽はその威力をいかんなく発揮し、海底まで綺麗に照らし出している。

砂浜を匍匐《ほふく》前進で進み、そのまま海に入ったのだ。

海の底には様々なものが沈んでいた。行き場を失って海岸まで逃げのび、そこで敵艦の艦砲射撃の餌食となって死んでいった人たちの遺品だ。時々、化け物のように膨らんだ死体を目にすることもあった。

幸甚は海の底に沈んでいるものを拾い上げては使い道のありそうなものを砂浜に運んだ。戦利品は折り畳みナイフ、水筒、弁当箱、酒瓶、さらしといったところだった。折り畳み式のナイフはいたるところが錆《さ》びていたが、磨けば使えそうだった。藤田伍長の死体から持ちかえったナイフは何度も缶詰を開けているうちに刃が欠けて使いものにならなくなっていた。水筒には穴があいていたが、修繕すればなんとかなりそうだった。しっかり栓がしてあった酒瓶には焼酎が入っていた。弁当箱や瓶はなにかを入れて持ち運ぶのに使える。

陽が傾いていた。幸甚は息を吸い込み、また海に潜った。今日はこれが最後だ。陽が落ちる前に壕に戻ろう。

海底のごつごつした岩の間でなにかが光るのが見えた。幸甚は水を掻いてさらに深く潜った。海底の岩に手をかけて身体を支えた。目を凝らす。先端が金属のようなもので覆われた細い棒が見えた。

杖だった。杖を拾い上げ、幸甚は海面に向かった。

この杖があれば、具志老人の助けになるかもしれない。

海から出ると、戦利品をかき集めて壕に戻った。

夕餉の支度をしている敏子の近くで、具志老人は横たわっていた。

「おじい、お土産《みやげ》だよ」

幸甚は壕に駆け込んだ。

「いったい、なんの騒ぎだ」

具志老人は眉間に皺を寄せて幸甚を睨んだ。

「ほら、これ」

幸甚は杖を差し出した。造りからして舶来ものだ。金属の部分は錆びているが、まだ充分に使える。

「杖なんぞあっても……」

「歩かないと、怪我していない方の脚も弱っていくだけだよ。ぼくが手を貸すから。

ほら」

具志老人に杖を持たせ、肩を貸す。具志老人は顔をしかめて呻いた。しかし、自らの意思で立とうとしていた。左手で杖をつき、右手を幸甚の肩に置いて、具志老人は身体を支えていた。

「もう少しだよ、おじい」

「頑張って」

敏子も具志老人を鼓舞していた。それに応えるように具志老人はさらに両腕に力をこめた。痩せ細った身体が持ち上がる。右脚と杖の力で具志老人は立った。

「やったよ、おじい」

だが、具志老人はすぐにふらついた。幸甚は慌てて支えた。

「脚が痛む」

「座る？」

幸甚の問いかけに具志老人は首を振った。

「外に出たい」

具志老人は苦痛に顔をしかめながら、しかし、なにかに飢えたように壕の外を見つめていた。

「わかった。一緒に外に出よう」

よろめきながら懸命に歩く具志老人に肩を貸して、幸甚は壕を出た。太陽は地平線に沈もうとしており、敵艦隊が黒い影となって海上に浮かんでいた。この時間になればもう砲撃はないはずだった。

具志老人は波打ち際で足を止めた。目を閉じて深く息を吸う。海風が具志老人の薄くなった髪の毛を優しくなぶっていく。

「美《ちゅ》ら海の匂いだ」

具志老人がひとりごつように呟いた。幸甚は肩を貸したまま息をひそめた。なぜだかわからないが、具志老人の邪魔をしてはいけないと思ったのだ。

「壕の中で死ぬんだと思っていた。もう、新鮮な空気を思いきり吸うこともできないとな」

具志老人の顔が歪んだ。

「痛い。脚が痛い。だが、こうして美ら海から吹きつける風を胸一杯に吸い込んでいる」

具志老人の目尻から涙がこぼれ落ちた。

「息子たちは動員されてから連絡が取れん。孫はガダルカナルに送られた。米軍がこんなところにいるんだ。きっと死んだだろう。わしに残されたのはごうつくばりの嫁とやかましい娘たちだけだ。その嫁たちもわしを捨てて逃げた」

太陽が完全に沈んだ。それでも、水平線近くの空はまだ赤く輝いている。

「ひとりで死ぬんだと思っていた。あの狭く暗い壕で、よどんだ空気を……腐っていくわしの脚の臭いを嗅ぎながら死んでいくんだと。腹を空かし、だれもかれもを呪いながら。しかし、炊きたての飯が食えた。新鮮な空気も吸った。もう思い残すことはない。ありがとうな、坊主」

「幸甚だよ」幸甚は言った。「ぼくは真栄原幸甚」

「そうか、そうだった。あのお嬢ちゃんは？」

「敏子。嘉数敏子さん」

「敏子さんか……幸甚も敏子さんも、家族は無事なのか？　戦争に奪われたか？」

「わかりません」幸甚は首を振った。「連絡の取りようがないんです。おじい、真栄原の家のこと、なにか知りませんか？」

「わしらが家を出て逃げる時には、真栄原の家にはもう、だれもおらんかった。何日か前に逃げたんじゃなかったかな」

「そうですか」

「心配いらん。おまえのお父さんはしっかり者だ。お母さんと妹をしっかり守っているはずだ」

幸甚はうなずいた。ここでいらぬ心配をしても益はないのだ。生きていることを、いつか再会できることを信じて、自分が生き延びることを考えるしかなかった。

「ご飯が炊けたわよ」

壕から敏子の声が響いてきた。

「戻ろう、おじい。温かいうちにご飯を食べなきゃ」

「そうだな。うん、そうだな」

幸甚と具志老人は寄り添うように壕へ戻った。

25

絶叫が耳をつんざいた。枯れ枝を嚙みしめた具志老人の唇は血で赤く染まっている。

「絞って」

敏子の声に、幸甚は具志老人の左のふくらはぎをきつく握った。敏子が手にしているのは幸甚が海底から拾い上げてきた折り畳みナイフだ。幸甚が一日がかりでぴかぴかに磨き上げた。そのナイフの切っ先で、敏子が具志老人の左脚の患部に切れ目を入れたのだ。

血が混じった黄色い膿が切れ目から溢れてきた。それを敏子が布きれでぬぐい取る。

「もっと絞って」

幸甚は手に力をこめた。無尽蔵なのかと思えるほど膿が出てくる。敏子はそれを拭き取っては布を水で洗い、また拭き取る。具志老人の叫びは収まっていた。

「よし、いいわ」

敏子が言った。幸甚は具志老人の脚から手を離した。幸甚の掌も甲も、膿まみれだった。

「おじい、行くわよ」

敏子が酒瓶に手をかけた。具志老人が潤んだ目を見開いてうなずいた。敏子が酒瓶の中身を傷口に振りかけた。

具志老人が暴れ出した。意味をなさない言葉を口から絞り出しながら身体を波打たせる。幸甚はのしかかり、具志老人の動きを封じた。痩せ衰え、死にかけていた老人のどこにそんな力があるのかと思えるほどだった。

「もう少しよ、おじい。もうちょっとの辛抱よ」

真水でよく洗い、昼の間干しておいたさらしを敏子が具志老人の傷に巻きつけていく。

気がつくと、具志老人は静かになっていた。固く目をつむったままぴくりとも動かない。噛んでいた枯れ枝は粉々に砕け散っていた。

「おじい？」

幸甚は声をかけた。

「静かに。おじいは気を失ったのよ」

「気絶？」

敏子がうなずいた。確かに、具志老人は眠っているようにも見えた。

「おじいは大丈夫ですか？」

「わからないわ。でも、なにもしないよりは……」敏子は酒瓶に視線を落とした。

「幸甚、本当にいいものを見つけて来てくれたわ。消毒液にもなるし、痛みを抑えるための麻酔代わりにもなる」

「たまたま見つけたんです。どこかの飲ん兵衛が酒瓶を抱えて逃げようとしたんでしょうね」

「金城君の時にもこれがあれば……」

敏子の長い睫《まつげ》が震えていた。

「過ぎたことを思い悩んでもしかたないです。あの時だって、敏子はできるかぎりのことをやったんだから」

「そうね」

敏子の口の端に皺が寄った。微笑んだつもりらしかった。幸甚も微笑んだ。だが、それはばつの悪さを隠すための笑みだった。敏子に語りかけるときの自分のちぐはぐな言葉遣いが情けなかったのだ。

年上の人に使う敬語と、恋人への言葉。どちらを使うべきなのかわからなくて、結局、両方が入り混じってしまう。

「明日でお米がなくなるわ」

敏子は具志老人の額に浮かんだ汗を拭いながら言った。

「今から取ってきます」

幸甚は答え、壕を出た。風がやんでいた。波も弱い。満天の星が今にも落ちてきそうだ。人の気配はなく、物音ひとつしない。時間が止まってしまったような錯覚にとらわれる。

いつまでこうして暮らしていくのだろう。いつまでこうしていられるのだろう。

幸甚は千々《ちぢ》に乱れる思いを振り払うように首を振り、崖をよじ登りはじめた。

＊　＊　＊

手応えがあった。海中から木の枝を引きあげると魚が尾を激しく振った。枝の先端には折り畳みナイフを括りつけてある。粗末だが、充分に銛《もり》の役目を果たしている。

最初のころは空振りばかりだった。だが、三日めからは、一日に二、三匹の魚を獲れるようになっていた。具志老人の味噌は使い果たして米だけの食事になっていたから、おかずにも出汁《だし》にもなる魚は貴重な獲物だった。

沖の方でなにかの影が揺らめいた。幸甚は目を凝らした。小さな船がこちらに向かってくる。壕に戻っている余裕はない。

「船がこちらに向かっています」

幸甚は壕に向かって叫んだ。壕からの返事はないが、声は届いたはずだ。息を吸い込み、海に潜った。海面の気配に注意しながら岩場の方へ移動する。

息が続かなくなって、海面に顔を出した。船は間違いなくこちらへ向かってきている。

もう一度潜り、海底を伝いながら移動した。しばらくすると、ごつごつした岩のかたまりに行き当たる。岩は潮が引くと海面にその頭を出すほどの大きさだった。岩陰に隠れれば、船からこちらは見えないはずだ。

岩に張りつくようにしながら再び海面に顔を出した。米粒ほどの大きさだった船が、親指大に見えるほど近づいていた。

「日本は戦争に負けました。アメリカに降伏したのです」

久々に聞く下手くそな日本語だった。拡声器で投降を呼びかけている。

「すみやかに武器を捨て、投降しなさい。温かいお風呂、ご飯を用意しています。なにも恐れることはありません。繰り返します。日本は戦争に負けました。降伏したのです……」

船は沖合で円を描くように航行していた。この浜に人がいると確信していたわけではなく、確かめるために向かってきたのだろう。だが、幸甚は海に潜り、敏子たちは壕から出てこない。人はいないと見てまた戻りはじめている。拡声器による呼びかけは念のためだろう。

去っていく船を凝視しながら、幸甚は耳にこびりついて離れない言葉に顔をしかめた。

日本は戦争に負けました。アメリカに降伏したのです。

銃声や砲撃の音を聞かなくなってもうどれぐらいになるだろう。米軍がまだこの島にいるのだと確認できるのは沖に停泊している艦隊の姿と、時折上空を飛んでいくトンボやグラマンのエンジン音からだ。銃撃音だけではなく、米兵の姿も見かけることはない。

沖縄の日本軍が壊滅的打撃を受けたことは間違いない。だが、まだ本土は無事なはずだ。アメリカに降伏などするはずがない。そんなことを天皇陛下がおゆるしになるはずがない。

だが、しかし……いずれ日本はアメリカに負ける。それは圧倒的な事実のように思えた。あのアメリカ軍に、暴風雨のような銃弾の嵐に、日本がいつまでも持ちこたえられるはずがない。沖縄がそうなったように、いずれ本土も米軍に蹂躙されるのだ。

だったら、投降してもいいのではないか。遅かれ早かれ負けるのなら、今投降しようが後で投降しようが変わりはない。

捕虜になる辱めを受けるぐらいなら自決せよ。ずっとそう教わってきた。だが、もう、自分は軍隊の一員ではないのだ。鉄血勤皇隊は解散してしまった。なにをどう決断しようがそれは幸甚個人の問題のはずだ。

だが、決心がつかない。投降という言葉は、自分のすべてを否定するような響きに満ちている。

船の姿がまた米粒のように小さくなっていた。幸甚は岩を蹴り、海に身を投げ出した。銛に刺さっていた魚はいつの間にか消えている。

今夜はまた米だけの食事だ。具志老人のがっかりする顔が脳裏をよぎっていった。

*　　*　　*

「なんだ、今日は米だけか」

焚き火の前に座りながら具志老人が言った。脚の具合がよさそうだった。

「すみません。魚に逃げられちゃって」

幸甚は神妙な顔つきで具志老人の真向かいに腰を下ろした。

「いいじゃないですか。お米があるだけ幸せです」

敏子の声は子供たちをたしなめる母のような口調だった。

「そうだな。幸甚たちがいなかったら、飢えて、脚から腐って死んでいくところだった」

なんと応じていいかわからず、幸甚は俯いた。敏子も無言のまま、飯盒《はんごう》を火からおろした。

「トゥジ（女房）が生きていたころは、うちの食卓も賑《にぎ》やかだった。人が多いということじゃないぞ、おかずがたくさんあってな。食いきれんほどだった」

「うちもそうでした。戦争がはじまる前は」

敏子が言った。

「戦争がはじまっても変わらんかったさ。あるものをやりくりして。だが、あれが死んで、嫁が飯を作るようになったら」

具志老人は首を振った。

「愚痴をこぼしてもしょうがないでしょう。戦争は起こったし、うちなーんちゅは散々な目に遭って、わたしたちはこうして一緒にいる。さ、召し上がれ」

「敏子にはかなわんな。そうだろう、幸甚」

具志老人は破顔した。いつの間にか、幸甚のことも敏子のことも呼び捨てにするようになっていた。幸甚たちはそれを喜んで受け入れた。本当のおじいと一緒にいるような気持ちになれるのだ。

敏子が汲んできた海水に手を浸し、おにぎりを作りはじめた。もう甕の中の味噌もつきていた。米に味付けできるものは海水しかなかった。

「孫たちは無事でおるかのう……おまえたちの家族もどこかで元気に生きているといいが」

「生きてますよ。みんな、無事で生きてます」

幸甚は言った。自分で自分の言葉を信じられないことが悔しかった。もうこの島には、自分たち三人しか生き残っていないのではと思うことがしばしばある。あの暴風雨のような弾幕がすべてのうちなーんちゅを薙ぎ倒してしまったのではないか。それほどまでに米軍の火力は凄まじかったのだ。

敏子の握った米を、息を吹きかけて冷ましながら食べた。この壕ではじめて米を手に入れたときはその甘さに感激したというのに、今では物足りなく感じている。

人間の身体というのはなんと不便にできているのだろう。

「幸甚、小刀はあるか？」

　食事が終わると具志老人が言った。幸甚はナイフを渡した。どこで拾ってきたのか、具志老人の足もとには枯れ枝が数本と、細長い草の束が置かれていた。具志老人は焚き火の明かりを頼りに、枝の先端を削りはじめた。堂に入った手つきに、幸甚は見入った。

「毎日おかずなしじゃきついからな。おじいが幸甚の手伝いをしてやろう」

　具志老人が自分のことをおじいと呼ぶのも初めてだった。幸甚は微笑んだ。敏子も笑っているだろう。具志老人が心を開けば開くほど、壕の中の空気が明るくなっていく。

「よし、こんなもんだろう」

　具志老人は枝の先端を鉛筆のように尖らせていた。

「銛代わりにしている枝を貸しなさい」

　二本目を削り終えると、具志老人はそう言った。幸甚が枝を渡すと、細長い草を器用な手つきで編み込み、削った枝とナイフを銛代わりの長い枝の先に結んでいった。見る間に三つ叉《また》の銛ができあがった。

「これで魚を獲りやすくなるだろう」

幸甚は銛を受け取った。ナイフと枝を縛り付けた草の紐は固く締まり、ぐらつくこともない。

「おじい、凄いや」

「若いころは、家や畑で使うものはなんでも自分で作ったもんだ」

「ねえ、おじい。この草を使って魚籠《びく》を作れないかな？　今のままだと、魚を獲ったらそのたびに壕まで戻らないといけないんだ。魚籠があれば楽になるんだけど」

「魚籠か。作れるかどうかやってみるか。幸甚、これと同じ草をもっと集めてこい」

「はい」

幸甚は声を張り上げ、勢いよく立ち上がった。いつになく気分が昂ぶっている。

草をかき集めて壕に戻ると、具志老人と敏子が笑いあっていた。敏子の朗らかな笑い声を聞くのも久しぶりだ。

幸甚の知っていた具志老人は、近所の気むずかしい、近寄りがたい老人だった。ちょっとしたことで怒鳴られるので、近隣の子供たちは具志老人の姿を見かけると萎縮し、見つからないようにわざわざ遠回りして遊び場に向かったりしたものだ。

その老人が孫のような年の娘と話し込み、破顔している。一見平和な光景だが、これもまた戦争が生み出した歪んだ現実なのかもしれない。

「それでもかまうもんか」

幸甚はつぶやき、壕の中に入っていった。

「幸甚、おじいったら凄《すご》いの。ほら、見て」

敏子が手にしていたのは草を束ねて丸めたものだった。

「たわしの代わりになるの。これがあると、飯盒を洗うのも楽になるわ」

「これを見てよ」

幸甚は具志老人の作った三つ叉の銛を敏子に見せた。

「おじいは本当に凄いよ。おじい、これで足りるかな？」

集めてきた草を具志老人の傍らに置いた。

「これぐらいあれば、なんとかなりそうだな。よく集めてきたな、幸甚」

具志老人に褒められると、また心が躍った。

「まず、この草で紐を作る。見ておけ」

具志老人は草を数本手に取り、器用に縒《よ》りはじめた。幸甚も見よう見まねで草を縒る。

「うまいじゃないか。この調子じゃ、明日には魚籠ができているな」

学校でも、勤皇隊でも、こんなことを教わったことはなかった。教育勅語《きょういくちょくご》を諳《そら》んじ、訓練に身を捧げ、壕を作るための肉体労働に従事する。この一年はその繰り返しだった。なにかを作るにしても、それは人を——敵兵を殺すためのものだった。

そうではないもの。自分たちが生きていくために日々必要なもの。それを作るのがこんなに楽しい、嬉しいとは想像もつかなかった。

＊　＊　＊

昼はなにもすることがなかった。相変わらず沖合に米艦隊がいて、海辺にさまよい出てくる人間を捜している。

暇つぶしには具志老人の昔話が最適だった。具志老人は驚くほどの物知りだった。沖縄がまだ琉球《りゅうきゅう》と呼ばれていたころから、廃藩置県以降の近代史まで、様々な逸話を具志老人はいくつも披露してくれた。幸甚たちにははじめて耳にする話ばかりだった。学校の授業では、大日本帝国の歴史は教えてくれても、沖縄の歴史は教えてくれない。

昼間は具志老人の話に耳を傾け、時に笑い転げる。陽が傾きはじめると、幸甚は漁に出、敏子は米を炊く支度をはじめ、具志老人はうたた寝をする。そうしていると、戦争などただの悪夢でしかなかったように思えてくる。

具志老人の作ってくれた三つ叉の銛のおかげで、獲れる魚の数は劇的に増えた。幸甚の腕があがったということもあるのだろうが、なによりも銛の性能があがったおかげだと思えた。

海水で味付けしたおにぎりに、海水の塩分だけで焼く魚。一度、海水で魚を煮たことがあったが、しょっぱくて食べられたものではなかった。毎日代わり映えのしない食事だったが、なぜか満ち足りていた。

＊　＊　＊

ある日、遠くで銃声が響いた。

幸甚たちは耳をそばだて、それから不安を孕んだ眼差しを交わした。

「南の方だな」

具志老人が言った。かつて子供たちを恐れさせた気むずかしい表情が顔によみがえっていた。

「米兵の銃声です」

幸甚は言った。日本軍と米軍の銃声を聞き違えることはない。

「しばらくは平和だったが、またたれかが殺されたのか……」

「後で様子を見てきます」

まだ陽は高い。壕の外に出るのは危険だった。

「気をつけるんだぞ」

しばらく耳をそばだてていたが、それ以降、銃声が聞こえることはなかった。気がつけば、具志老人が鼾《いびき》をかいていた。

「幸甚」

少し離れた場所で、敏子が手招きをしていた。

「どうしました？」

幸甚は声をひそめた。具志老人を起こしたくなかった。ずいぶんよくなったとはいえ、脚の怪我は完治したわけではない。消毒用の酒がなくなれば、また悪化する可能性すらある。

「もっと前にお願いしておけばよかった。もうすぐお米がなくなりそうなの」

敏子の顔から血の気が引いていた。さきほどの銃声がそうさせているのだ。近くに米兵が潜んでいるかもしれないのに、幸甚を送り出さなければならない。

「行ってきますよ。大丈夫、心配しないで」

「お米はあとどれぐらいあるの？」

「まだ一升以上はあると思います」

敏子の表情が和らいだ。

「それじゃあ、まだしばらくは食べ物の心配はしなくて済むわね」

「ええ」

また銃声が聞こえた。今度は複数だった。

「幸甚、陽が完全に落ちるまで外に出てはいかんぞ」

具志老人がかっと目を見開き、地の底から響き渡るような声で言った。

なにかが変わった。この数日の平穏が終わりを告げたのだ。

26

海岸を半里ほど南へ下ってみたが、米兵も米兵に殺された人間の死体も見あたらなかった。幸甚は踵《きびす》を返した。

月はまだ出ていないが、星明かりで充分だった。真夏の空は無数の星を抱いている。

いつもより足取りが重かった。恐怖が筋肉を萎縮させるのだ。ちょっとした物音に戦《おのの》き、足が止まる。再び動こうとするときには、筋肉はさらに萎縮していた。口の中がからからに干涸《ひから》びている。

昼間聞こえた数発の銃声がなにもかもを変えてしまったのだ。

苦労して崖をよじ登った。はじめてここを登ったときのように息が切れた。

崖の上でしばらく横たわり、星空を見つめながら息が収まるのを待った。風が強い。海から吹きつけてくる湿った風が草木を揺らしている。虫の音ひとつ聞こえなかった。

幸甚は起き上がり、周囲に視線を走らせた。足もとは真っ暗だった。草木が形作るかすかな陰影だけが頼りだ。そっと足を踏み出した。背嚢《はいのう》がやけに重く感じられる。

気のせいだ——幸甚は自分に言い聞かせた。昼間の銃声で神経が過敏になっている。そのせいで闇はいつもより深く、背嚢はいつもより重く感じられるのだ。しっかりしろ。敏子と具志老人が、幸甚が米を持って帰るのを待っている。

足を速めた。走るように地面を蹴り、しかし、不要な音を立てないよう細心の注意を払った。相変わらず葉擦れの音以外聞こえない。まるで、周囲から生命という生命が消え失せたかのようだ。

幸甚は足を止めた。鼻をひくつかせる。ほんのかすかに甘い匂いがする。きびの匂いではない。もっと人工的ななにかだ。

そう思った瞬間、幸甚は雑草の中に身を伏せた。心臓が早鐘を打っている。鼓動をだれかに聞かれそうで、慌てて胸を押さえた。

前方でだれかが枯れ枝を踏み砕く音がした。それに英語らしき言葉が続いた。だれかがだれかを罵っている。罵られただれかが言い訳をしている。

体温が一気に低下した。米兵だ。待ち伏せされていたのだ。畑の近くに隠してある米が見つかったのか。幸甚が米を取りに来た痕跡を見つけられてしまったのか。

声と足音が近づいてくる。幸甚は腹這いになったまま身体を反転させた。そのまま匍匐《ほふく》前進をはじめる。米兵たちの声は苛立っている。幸甚を見失ったままなのだ。

じっとしていればいずれは見つかる。ここから離れて活路を見いだすべきだった。

突然、銃声が響いた。威嚇のため、米兵が空に向けて拳銃を撃ったのだ。それがわかっていても、恐怖を閉め出すことはできなかった。汗が噴き出し、口の中が乾く。息が苦しい。

光が幸甚の顔の横を通りすぎていった。懐中電灯だ。

金縛りにあったかのように身体が動かなくなった。動け、移動しろ――気持ちだけが焦っていく。

また電灯の光が走った。今度はさっきより遠い。米兵は幸甚の居場所を特定しているわけではないのだ。それがわかったからといって、勇気が湧いてくるわけでもなかった。幸甚は目を閉じ、祈った。篠原中尉に、金城に、死んでいった学友たちに祈った。

ぼくを守って。

足音が近くを行ったり来たりしている。頭上を英語が飛び交う。時折、米兵が拳銃を撃つ。

ぼくを守って。ぼくを守って。ぼくを守って。

幸甚は祈り続けた。

足音が近づいてくるたびに気力が萎えそうになる。足音が遠のくと気力が湧いてくる。

もうだめだ。ぼくは死ぬ。殺される。

生きるんだ。なんとしてでも生きて、敏子たちのところへ戻るんだ。

幸甚は腰に手を回した。念のためにと拳銃を身につけてきたことをすっかり忘れていた。腰から拳銃を抜き、きつく握りしめた。

いざとなればこれを使おう。撃てば撃ち返される。きっと死ぬことになるだろう。しかし、なにもせずに捕虜になり辱めを受けるぐらいならその方がよっぽどましだった。

米兵たちが歩き回るのをやめた。声の様子からして四人いるらしい。一番声の大きい兵隊が一番苛立っていた。おそらく、分隊長かなにかだろう。

声がやんだ。幸甚を捜すのを諦めてここから立ち去るのか——かすかな希望が頭をもたげた。

だが、それはすぐに消えた。銃の遊底を引く音がしたのだ。拳銃ではない。小銃か機関銃の遊底だ。

幸甚は頭を抱え、身体を丸くした。同時に凄まじい銃声が響き渡った。間断なく発射される銃弾が草木を薙ぎ払っていく。

ぼくを守って。ぼくを守って。お願いだから、ぼくを守って。

祈ることしかできなかった。芋虫のように転がっていることしかできなかった。銃声はいつ終わるともなく響き続けている。敏子と具志老人の耳にもこの凶悪な銃声は届いているだろう。

逃げろ。米兵たちはこの辺りを虱潰《しらみつぶ》しにしているに違いない。逃げろ。逃げて生き延びろ。

ふいに銃声が途絶えた。火薬の匂いが辺りに立ちこめ、夜の闇の中を硝煙が流れていく。

一秒が永遠に感じられた。痛みはなかったが、自分の身体が無数の銃弾にえぐられた衝撃をまざまざと感じていた。だが、自分は生きている。銃弾はどこにも当たっていない。

米兵たちがまた話し込んでいる。先ほどまでの緊迫感はない。弛緩《しかん》した声だった。煙草の匂いが漂ってきた。連中は幸甚が死んだか逃げたと思っているのだ。早く行け。頼むから立ち去ってくれ。

身体の節々が強張り、悲鳴を上げていた。身体を伸ばしたい。楽な姿勢になりたい。だが、連中が近くにいるかぎり身体を動かすことはできなかった。

拳銃を握った掌が汗でべっとりと濡れていた。拳銃が手から滑り落ちそうだった。米兵たちはまだ話を続けている。立ち去る気配はなかった。恐怖が憎しみに塗り潰されていく。

おまえたちさえいなければ。おまえたちさえ来なければ。

幸甚は銃を握り直した。連中は油断している。落ち着いてやれば一気に撃ち倒せる。みんなの仇《かたき》を取ることができる。

干涸びていた口の中に生唾が湧いてきた。

やれる。一気に身体を起こし、弾丸を薬室に送り込み、引き金を引く。

腹が決まった。頭の中で数を数え、それが十になったら決行するのだ。

一、二、三、四――

ふいに話し声がやんだ。代わりに米兵たちが遠ざかっていく足音が聞こえる。

幸甚の憎しみと戦闘意欲は宙ぶらりんのまま行き場を失ってしまった。

「畜生」

身体から力が抜けた。強張った手足を伸ばし、空を見上げる。相変わらず満天の星がきらめいている。今し方、幸甚が死の淵《ふち》を覗きこんだことなど、星々にとってはなんの意味もなさないのだ。

目頭が熱くなり、鼻が詰まった。前触れもなしに襲ってきた感情を持てあましながら、幸甚は身体を起こした。米兵たちが戻ってくる気配はない。急いで米を回収して壕へ戻らなければならない。

身体が重かった。しばらく忘れていた戦争の恐怖と身を引き千切られそうな憎悪が身体に負荷をかけている。

幸甚はよろめきながらきび畑を目指した。

＊　＊　＊

米を入れた背嚢を背負っているとき、また銃声が聞こえた。遠い。耳を澄ませる。また聞こえた。海岸の方からだった。

幸甚は背嚢を放り出して走った。

米兵だ。米兵たちが残党狩りをはじめたのだ。敏子が危ない。具志老人が危ない。敏子には念のためにと手榴弾を持たせている。しかし、それだけでは心許ない。

自分でも驚くほど身体が軽快に動いていた。先ほどまでの怠《だる》さはなんだったというのだろう。

走れ、走れ、息が切れてもなお走れ。敏子がおまえの助けを待っている。金城と約束しただろう。なんとしてでも敏子を守るのだ。

銃声は散発的に響いていた。威嚇のための銃撃に思える。壕を取り囲んでいる米兵たちの姿が脳裏に浮かんだ。連中は下手くそな日本語で投降を促しているのだろう。だが、敏子がそれを受け入れるはずがなかった。

急げ、急げ。

だが、焦る気持ちを嘲笑《あざわら》うかのように、身体が重くなっていく。息が上がり、足がもつれ、地面に転がった。

「こんなところで……」

足首に激痛が走った。痛みに顔をしかめながら骨と皮だけになった自分の肉体を呪った。歯を食いしばって立ち上がる。痛むのは左の足首だった。捻挫《ねんざ》したらしい。

左脚に体重をかけると痛みが増した。

銃声はしばらく途絶えていた。なにが起こっているのだろう。敏子たちは捕まってしまったのか。

幸甚は左脚を引きずりながら駆けた。地面を蹴るたびに足首は痛み、荒れた息は元に戻らない。肺がふいごのような音を立てていた。足首だけではなく、脇腹にも差し込むような痛みがやってくる。

毎日腹一杯食べることができていたなら、これぐらいの距離を走ることなど朝飯前だった。それが、今では十歩走るのでさえ苦行だった。金城との約束――敏子への想いが幸甚の身体を鞭打っていた。

また海岸の方で銃声がした。立て続けに三発。間違いない。銃声は壕の近くで響いている。

「敏子」

幸甚は喘いだ。泳ぐように身体を揺らしながら走った。どれだけ走っても崖は見えてこない。

「敏子!」

立ち止まって叫んだ。肉体が悲鳴を上げている。これ以上の酷使には耐えられないと泣き言を並べている。

「ふざけるな」

幸甚はしゃがみ込み、捻挫した足首を拳で叩いた。

「これぐらいの痛みがなんだ。捻挫で死ぬわけじゃないぞ。銃弾を喰らった方がもっと痛いんだ」

殴り続けた足首が麻痺していた。幸甚はまた駆けだした。駆けては立ち止まり、立ち止まっては足首を叩き、また駆ける。

その間も銃声は断続的に続いていた。

崖が見えてきた。幸甚は腹這いになり、匍匐前進で崖の縁に近づいた。銃声がした。銃火が光った。おそるおそる下を覗きこむ。

敏子たちが潜んでいる壕を、五人の米兵が遠巻きに囲んでいた。そのうちのひとりが拳銃を壕に向けて撃った。

幸甚は右手で口を押さえた。思わず叫び声をあげるところだったのだ。壕からの反応はなかった。敏子と具志老人は無事なのか。死んでしまったのか。

いや――幸甚は首を振った。敏子は手榴弾を持っている。米兵たちはそれを知っているからむやみに壕に近づこうとしないのだ。

敏子たちはまだ生きている。絶対に死んでなどいない。

ひとりの米兵が壕に向かってなにか叫んだ。投降を促しているのだろう。だが、相変わらず壕からの反応はない。別の米兵が銃を二発撃った。壕は静かだった。悲鳴すら聞こえない。

幸甚は拳銃を手に取った。距離があるから弾丸を当てることは難しい。しかし、連中の気を引けば、敏子たちに逃げる機会を与えることができるかもしれない。

両手で拳銃を保持し、狙いをつける。呼吸が荒いせいでなかなか照準が定まらなかった。

「もう少しの辛抱です。ぼくがやつらを引きつけますから」

呟きながら引き金に指をかけた。米兵たちはまだこちらに気づいていない。

引き金を引こうとした瞬間、地面が揺れた。続いて凄まじい爆音が響いた。米兵たちが伏せるのが目に飛び込んできた。その頭上を土砂が飛んでいく。

なにが起こったのかはすぐにわかった。意図的にそうしたのか、暴発したのかはわからない。だが、手榴弾が破裂したのに間違いなかった。

「どうして……」

幸甚は唇を噛んだ。あと数秒、いや、あと一秒待ってくれれば、拳銃を撃ったのだ。米兵たちの注意を引けたのだ。

紙一重の差で敏子はこの世から消えた。金城との約束を守れなくなってしまった。絶望的な悲しみと圧倒的な怒りが胸の内で交錯した。目の奥がひりひりと痛んだ。手足の感覚がなくなっていた。怒りの炎がすべてを燃やし、悲しみの涙がすべてを洗い流していく。

言葉にならない言葉を叫んだ。狼の遠吠《とおぼ》えのようだった。米兵たちがこちらを見上げた。

拳銃を構え、撃った。ありったけの憎悪をこめて引き金を引いた。

一発、二発、三発——米兵たちの近くで砂が弾けていく。米兵たちが小銃を構えた。かまわず撃ち続けた。

死ね。みんな死んでしまえ、呪われてしまえ。おまえたちは罪のない老人と少女を殺したんだ。死でもってそれを償え。

これほどまでにだれかを憎んだことはない。呪ったことはない。吠えながら、泣きながら、幸甚は撃ち続けた。銃弾がなくなってもなお、引き金を引き続けた。

米兵たちが応戦してきた。拳銃ではなく、小銃で撃ってくる。その銃声は拳銃の比ではなかった。幸甚の叫び声もかき消された。

肩に衝撃を受けた。馬かなにかに蹴られたような衝撃だった。

幸甚は真後ろに吹き飛び、気を失った。

27

振動で目が覚めた。左肩が激しく痛む。撃たれたことを思い出し、幸甚は視線を左右に走らせた。米兵に囲まれている。どうやら軍用トラックの荷台に乗せられているらしかった。

痛む肩にそっと手を伸ばす。包帯が巻かれていた。

敏子たちの仇を討たねば——そう思うのだが、あまりの痛みに身体が言うことを聞かなかった。

呻《うめ》きが漏れた。米兵たちの視線が集まってくる。浅黒い肌の兵隊が英語で話しかけてきたが幸甚は顔を背けた。胸が焼けるように痛む。怪我のせいではない。悔しさに身体を引き千切られてしまいそうだった。

兵隊はたびたび話しかけてきたが、幸甚が応じないとみると、やがて興味を失ったというように口を閉じた。

軍用トラックは北に向かって走っているようだった。米軍の砲撃で地形さえ変わってしまい、どこを走っているのか見当をつけることもできない。驚いたのは、軍用トラックが走っている道だ。荒れ地と化した焦土に、米軍は道路を通しているのだ。

こんな連中を相手に戦争をして勝てるわけがない。なぜ日本は無謀な道をひた走ったのだろう。

目尻に涙が滲んだ。米兵たちに見られたくなかった。幸甚は必死で涙を堪えた。

＊　＊　＊

軍用トラックの目的地は鉄条網で囲われた広大な敷地だった。米軍の基地かと思ったがそうではないようだった。どこかから、うちなーんちゅの子供たちの歌声が流れてくる。

軍用トラックが小さな天幕の前で停《と》まり、幸甚は米兵たちにかかえられるようにして荷台からおろされた。天幕の中には数人の別の兵隊たちがいた。その中のひとりは日本人のような顔をしていた。

「わたしはヤマナカ少尉。ここであなたたちの面倒を見ています」

日本人の顔をした米兵はへたくそな日本語でそう言った。

「ここは捕虜収容キャンプです。あなたは米軍の捕虜になりました。わかりますね？」

幸甚はうなずいた。

「名前と年齢、出身地を教えてください」

「殺すなら早く殺してください」

答える代わりにそう言った。ヤマナカ少尉が苦笑した。

「アメリカ合衆国は捕虜を殺すような残酷なことはしません。あなたはここで怪我の治療を受け、食事を配給され、柔らかい布団にくるまって寝ることができます。怪我が治れば労働に従事してもらうことになりますが、それだけです。だれも死にません」

幸甚は面食らった。学校で聞かされていた話とはまるっきり違う。鬼畜米英の捕虜になれば、男は即座に殺され、女は慰み者にされた挙げ句に殺されるはずだったのだ。

「名前と年齢と出身地です。それがわかれば、あなたのお父さんやお母さんに会えるかもしれません」

途端に、ここしばらくの間思い出すこともなかった両親の顔が脳裏をよぎった。

「本当に両親に会えるんですか?」

「捕虜収容キャンプにいれば、見つけてあげます。さあ、名前と年齢と出身地を——」

「真栄原幸甚。十四歳。糸満出身です」

ヤマナカ少尉はノートになにかを書き付け、さらに別のノートを手にとってめくりはじめた。しばらくしてその手が止まった。

「真栄原タミさんはお母さんですか?」

「そうです。ぼくの母です。どこにいるんですか?」

「娘の貴子さんと一緒に、このキャンプにいます。すぐに会わせてあげますよ」

母も貴子も生きている。

「本当に?」

無数の人々が死んだのだ。生きていると言われてもにわかには信じられなかった。

「ここにお母さんと貴子さんの名前があります」

少尉がノートを見せてくれた。だが、そこに記されているのは英語の殴り書きで読み取ることは不可能だった。

「まず、診療所で怪我の治療を受けてください。その間に、お母さんと貴子さんを連れてきます」

ヤマナカ少尉はそう言い、近くにいた兵隊に目で合図を送った。

「診療所ですか？　ここに？」

「ええ。怪我人も病人も、診療所で治ります。いろんな薬がありますから」

金城は薬が手に入らないために死んだ。金城だけではない。多くの怪我人、病人があちこちで放置され、死んでいった。薬さえあれば助かる命が散っていったのだ。

喉から手が出るほど欲しかった薬はここにある。なんということだ。投降していれば金城は助かったかもしれないのだ。

それだけではない。敏子だって死ぬ必要はなかった。

なんのために戦ったのだろう。なんのために逃げ回っていたのだろう。

心が砕けたような気がした。幸甚は虚ろな眼差しのまま、米兵に促されるまま天幕を後にした。

＊　＊　＊

治療が終わると寝台に寝かされた。大きな部屋に寝台がいくつも並び、頭や腕に包帯を巻いた人々が横になっている。傷口がふさがるまで入院しろということらしい。石だらけの壕で寝ることに慣れていた身体に、寝台に敷かれた布団の柔らかさは格別だった。

うとうとしていると、人の気配に目が覚めた。

母のタミと妹の貴子が幸甚を見下ろしている。

「幸甚。生きていたのね」

母はそう言いながら手で口を覆った。見る間に目に涙が溜まり、こぼれ落ちる。

母の傍らに立つ貴子は、西洋風の人形を右手に持っていた。

「お兄ちゃん、これ、アメリカの兵隊さんにもらったの」

貴子の笑顔には屈託がなかった。

「いつここへ？」

幸甚は母に訊ねた。

「戦争が終わって、ちょっとしてからかねえ。それまでは、喜屋武《きやん》の壕にみんなと隠れていたんだけど――」

「戦争が終わった？」

「おまえ、知らなかったのかい？　八月十五日に天皇陛下のお言葉があったんだよ。日本は降伏したって」

　母の話を聞いて合点がいった。あの夜、米軍の兵士たちが夜通し騒いでいた夜、日本は降伏を受け入れたのだ。それを知らずに、多くの人々が逃げ続け、死んでいった。

　敏子の自決は無駄死にだったのだ。敏子も具志老人も意味もなく死んでいった。幸甚も、老人や子供たちの食料を奪うなどという非道な行いをせずに済んだのだ。

「そんな……」

　言葉が続かなかった。

「戦争が終わったのを知らずに逃げている人がまだたくさんいるんだってねえ。米軍が日本は降伏したと言っても、信じないんだって」

　信じられるわけがない。一人残らず米軍と戦って名誉の戦死を遂げよと命じられていたのだ。それなのに、日本が降伏するなど、信じられるはずがない。

ふいに、なにか得体の知れないものが胸から突き上げてきた。

幸甚は口を開いた。獣の咆哮《ほうこう》のような声を放った。

「幸甚、どうしたの？　どこか痛いのかい？」

母が顔を覗きこんでくる。貴子が怯えていた。それでも声はやまなかった。とめられなかった。幸甚は叫び続けた。

篠原中尉はなぜ死ななければならなかったのか。金城は、敏子は、いや、鉄血勤皇隊はなんのために組織され、なんのために死地に追いやられたのか。道ばたにうち捨てられていた夥しい数の死体が無意味なのだとしたら、この戦争はいったいなんだったというのか。

病室に米兵たちがやって来た。幸甚の身体を押さえ、口を塞ごうとする。幸甚は抗った。抗いながら叫び続けた。

得体の知れなかったものの輪郭がはっきりしてくる。悲しみと怒りだった。巨大で濃密な悲しみと怒りの感情が尽きることなく幸甚の口から外に放出される。叫びはその音だ。

「幸甚、幸甚」

母が泣いている。

「お兄ちゃん……」

貴子も泣いていた。

米兵が幸甚の袖をまくった。注射針が肌に突き刺さった。

次の瞬間、世界は暗転し、幸甚は耐えがたい悲しみと怒りから解放された。

00

瓦礫だらけの大地は、米軍の鉄の暴風によって地形さえ変えられてしまった沖縄の風景と瓜二つ《うりふた》だった。沖縄に瓦礫はなかった。そして東北に夥しい数の銃弾が発した火薬の匂いはしない。だが、圧倒的な力によってその姿を無残に変えられてしまったという一点において、戦中の沖縄と津波に見舞われたあとの東北は双子のように似通っていた。

瓦礫の下に埋もれた無数の死体は、グラマンの銃撃や迫撃砲によって死んでいった沖縄の人々と同じ、恐怖と無念をその死に顔に刻んでいる。

死んでいった者の遺骨を家族のもとに返す——捕虜収容所で心に誓った責務は、

結局なかなか果たすことができなかった。

　幸甚たち捕虜は船でハワイに送られ、沖縄へ戻ることができたのは半年以上後のことだった。糸満の家も畑も米軍に接収され、大黒柱を失った真栄原家は食べていく術《すべ》を持たなかった。父は戦火の中、グラマンの機銃で命を失っていたのだ。

　結局、母の遠縁を頼って宮城へ移住することになったのは終戦三年目のことだった。その三年間、幸甚はできうるかぎりの手を使って金城と敏子の家族を捜した。だが、見つからなかったのだ。具志老人の家族もみな死んでいた。

　宮城から沖縄へ帰省することができたのは、施政権の返還が済んでからのことだった。幸甚は毎年のように故郷へ飛び、金城と敏子の遺族を捜し歩いた。

　金城の叔父に当たる人をついに見つけたのが昭和五十年。実に戦争から三十年が経っていた。金城の両親は戦争を生き延びたが、ふたりとも病でこの世から去っていた。

　その年の冬、幸甚は金城の眠る壕へ叔父を案内した。三十年の月日は壕のあった地域を別世界へと変貌させていた。それでも、幸甚は壕の位置を正確に記憶していた。壕の内部には、幸甚が墓標代わりに積んだ石がそのまま残っていた。

　金城の叔父は幸甚が渡した遺品と金城の遺骨を胸に、長いこと涙ぐんでいた。

敏子の家族は結局見つけることができなかった。戦場で命を落としたのか、真栄原家のようになんとか生き延びて沖縄を出たのか。記録がどこにもなかった。敏子の家と親しかった人たちもほとんどが死んでいた。

幸甚はひとりであの場所へ行き、手榴弾で埋もれた壕を掘り返そうとした。ひとりの力では無駄だと悟ると、自費で重機を借りた。しかし、敏子と具志老人の遺骨は見つからなかった。

幸甚は壕の前に広がる海に向かって両手を合わせ、ふたりの冥福を祈った。

戦後六十六年が経った今でも、あの時心に負った傷が癒えないままでいる人たちがいる。それと同じように、この大震災と津波が刻んでいった傷もこれから何十年と残るのだろう。他の人たちは忘れても、当事者は決して忘れない。忘れたくても忘れられないのだ。

人々の泣き叫ぶ声があちこちから聞こえてくる。あまりの死体の多さに、だれもが絶望している。

沖縄と違うのはそこだった。沖縄では絶望することさえゆるされなかった。道ばたに倒れた親子の死体に蛆がたかっていても、だれも一瞥《いちべつ》すらくれなかった。あまりにも悲しみが大きすぎて、だれもの心が麻痺していた。

きっと、ここもそうなるだろう。今は泣き叫んでいる人々も、一週間も経てば涙も涸れ果て、死体を見ることに倦《う》んでいく。

そして、被災地以外の人々は、津波と地震が奪った夥しい数の命を実感することもなく忘れていくのだ。

沖縄がそうだった。日本の盾とされ、二十万を超える人々が死んだのに内地の人間は沖縄戦の真相を知らなかったし、知ろうともしなかった。そのくせ、観光に訪れては、南の島の楽園だと能天気に笑いながら、海で泳ぐのだ。一九四五年に血で赤く染まっていたあの海で。

やまとーんちゅが歓声をあげて遊ぶあの海辺を、かつて、うちなーんちゅが泣きながらさまよっていた。家族の遺体や遺骨を捜し歩いていたのだ。

子を失った母。父を失った子。夫を失った妻。子と孫を失った祖父。

波の音は名前を呼ぶ声や泣き声にかき消されていた。うつぶせになった遺体をひっくり返し、それが家族ではなかったことを知って安堵《あんど》する者、落胆する者――心から安堵する者はいなかった。

幸甚は虚ろな目を前に向ける。

あの時と同じように、家族の名を叫びながら瓦礫の間をさまよう人たちがいる。

美絵子もそのひとりだった。いつの間にか幸甚の手を振りほどき、母の名を呼びながら歩き回っている。呼んでも無駄なことはわかっているはずだ。だが、それでも呼ばずにはいられない。

「伯父さん」美絵子が振り返った。「あそこよ。あそこに家があったの」

美絵子は前方を指さした。だが、そこにはなにもなかった。目を凝らすと家の基礎が見えた。基礎以外、すべて津波にのみ込まれ、流されてしまったのだ。

貴子はおそらく、家の中にいたのだろう。津波警報が発令され、避難勧告のアナウンスが流れても、足腰の弱っていた貴子はひとりで家から出ることができなかったはずなのだ。

美絵子が吸い寄せられるようにかつての自分の家に向かっていく。幸甚はその後を追った。

「ここは友人の裕子《ゆうこ》の実家だったの」

美絵子は基礎だけが残った区画を指さした。

「あそこは理髪店だった。あっちは波岡《なみおか》先生の家。みんな流されちゃった」

美絵子の声はまるで迷子になった子供のそれのようだった。

「父さんの生命保険で家を改築したばかりだったのに……」

美絵子の父――貴子の夫は二年前、肺癌《はいがん》で他界した。癌を克服して生きていた方がよかったのか、それとも、この悪夢のような被災の跡を見ずに逝けてしあわせだったのか。

美絵子の足が止まった。改築したばかりだったという家の基礎を呆然《ぼうぜん》と眺めている。なんと声をかけていいかもわからず、幸甚は家のあった辺りをぐるりと歩いた。汚泥にまみれた古い洋人形を見つけた。髪の毛は半ば抜け落ち、衣服もぼろ雑巾のようになっていた。幸甚にはその人形に見覚えがあった。捕虜収容所で、貴子が持っていた人形だ。

貴子は物持ちがいい方ではなかった。それでも、この人形は捨てられなかったのか。あの戦争を忘れられなかったのか。

幼かった貴子に、父が死んだとされる場所に連れて行ってくれと何度せがまれたことか。父の遺体は見つからなかった。だから、父はどこかで生きているのだと貴子は言い張った。父を捜しに行こう――泣きながら幸甚に訴えるのだ。

母が沖縄を出て行くことに決めたのは、食べるためだけではなく、貴子のためでもあったと思う。あのまま沖縄に残っていたら、貴子の心は壊れていたかもしれない。

幸甚は泥まみれの人形を胸に抱いた。貴子の遺体が見つからない時は、この人形を墓に入れてやればいい。六十年以上をともに過ごしてきたのだ。貴子の魂が少しは染みついているだろう。

「美絵ちゃん、こっちこっち」

だれかが美絵子を呼んでいた。貴子の家から百メートルほど離れたところで瓦礫が山になっている。その傍らに立つ男が美絵子に手招きしていた。

「中島《なかじま》のおじさん？」

美絵子が駆けだした。幸甚は人形を抱いたまま美絵子の後を追った。中島と呼ばれた男が瓦礫の中を指さしている。美絵子が肩で息をしながら瓦礫の中を覗きこんだ。

突然、美絵子が両手で口を覆い、その場に膝をついた。

「母さん……」

短く、小さな声だったが、それは悲痛な叫びだった。聞く者の胸を掻きむしる。

幸甚は美絵子のもとに向かった。美絵子は泣き続けている。仲のいい親子だった。愛し愛され、慈しみあっていた。

「美絵子」

幸甚は美絵子の肩に手を置いた。美絵子は震えていた。

「伯父さん、母さんが……」

瓦礫の中に電柱が倒れていた。貴子はその電柱に抱きつくようにして死んでいた。津波に流される最中、電柱の近くを通り、しがみついたのか。その電柱も根元から折れて流された。おそらく、もっと内陸まで流された後、引き波に乗ってここまで戻されたのだ。

「こりゃ、重機がないとだめだわ」

中島と呼ばれた男が言った。幸甚はうなずいた。電柱と貴子は瓦礫に埋もれている。人間の力だけでこの瓦礫を処理するのは無理だった。だが、重機をここに運び入れることができるのがいつになるのか、見当もつかない。きっと何日も、いや、下手をすれば何週間もかかるだろう。道路もなにもかも寸断されたままなのだ。

「母さんをこのままにしておけって言うの？」

美絵子が中島を睨んだ。

「おれだってこのままにしておきたくはないけど、美絵ちゃん、今はどうにもできないんだ。わかってくれや」

中島の顔も歪んでいた。

「美絵子、貴子は……母さんはわかってくれるさ。な？　母さんを見つけられただけでも幸運だ。周りを見てごらん。まだ大勢の人たちが家族を捜している」

瓦礫だらけの中を、幽鬼のようにさまよう人々の姿は途切れることがなかった。

「でも、夜になったら冷えるわ。母さんが――」

「死者は寒がらないよ」

幸甚は言った。実際のところ、寒さは貴子の味方だった。これが真夏であれば、腐敗はあっという間にはじまる。

「でも……」

「道路が復旧したら、おれが自腹を切って重機を借りるよ」

敏子の遺体を見つけるためにそうしたように。敏子は見つからなかったが、貴子はここにいる。

「だから、今日のところは避難所へ戻ろう」

美絵子がうなずいた。立ち上がり、貴子に向かって両手を合わせる。幸甚もそれにならった。

貴子、必ず迎えに来るから、しばらく辛抱していてくれ。おれは約束を守る。何十年かかっても金城さんの親戚を捜し出し、遺骨を親戚のもとに返してやった男だからな。信じて待っていろ。

貴子に語りかけると、幸甚は振り返った。

春の陽が傾いている。西の空に浮かんだ雲が茜色《あかねいろ》に染まっていた。

それはあの日あの時、美ら海を染めていたのとまったく同じ鮮やかな赤だった。

献辞

あの戦禍に巻き込まれたすべてのうちなーんちゅに。
まだ戦後が終わっていないことをわたしは知っている。

参考文献

『証言　沖縄戦　沖縄一中　鉄血勤皇隊の記録』上下　兼城一編著　高文研
『血であがなったもの　鉄血勤皇師範隊・少年たちの沖縄戦』大田昌秀著　那覇出版社
『嗚呼沖縄戦の學徒隊』　金城和彦著　原書房
『沖縄戦記　鉄の暴風』　沖縄タイムス社編　沖縄タイムス社
『沖縄一中鉄血勤皇隊　学徒の盾となった隊長　篠原保司』田村洋三著　光人社
『沖縄戦の全女子学徒隊　…次世代に遺すもの　それは平和…』青春を語る会編　フォレスト
『写真記録　これが沖縄戦だ　改訂版』大田昌秀編著　那覇出版社

また、沖縄一中鉄血勤皇隊員としてあの悲惨な戦争に従軍し、生還した方々から直接、お話を聞かせていただく機会を得た。ここに、心からの感謝を表する。

馳　星周

解　説

池上冬樹

思わず、落涙――。

いやはやまさか馳星周の小説を読んで泣くとは思わなかった。目頭を熱くしながら、本を閉じるとは思わなかった。

馳星周といったらノワール作家であり、血と暴力の物語を得意とするイメージがあるけれど、物語の根底に流れているのは熱い感情である。それはいつも怒りであり、不安であり、恐れであり、嘆きであり、絶望であるものの、しかしときに深く静かに悲しみが生まれるときがある。もちろんその悲しみも、犯罪がらみで汚れていたり、濁っていたりするけれど、純粋に〝悲しむ〟こともある。その例が、本書『美《ちゅ》ら海、血の海』である。

この小説に流れているのは人を失う悲しさであり、死んだ者を悼む感情である。ここには濁りのない悲しみを描くリアリストの真摯な眼差《まなざ》しがある。

物語は、二〇一一年三月十一日に起きた東日本大震災の三日後からはじまる。八十歳にならんとする真栄原幸甚《まえはらこうじん》は仙台市内から車と自転車を使って石巻《いしのまき》に入り、各地の避難所をまわってようやく姪《めい》の園田美絵子《そのだみえこ》を見つける。話を聞けば、幸甚の妹の貴子《たかこ》も津波にさらわれて行方がわからないという。瓦礫《がれき》の中を探し回り、幸甚は、老人、若者、赤子、男、女みな等しく死んでいる姿を見て、六十数年前の沖縄の光景を思いだす。

一九四五年五月、太平洋戦争末期の沖縄では、米軍の激しい砲撃と戦闘機の銃撃にあっていた。とくに幸甚の中学がある首里《しゆり》では学舎もすべて破壊され、多数の死人が出た。そのために南方の保栄茂《びん》に移動してきたのだが、そこでも爆撃がひどくなっていた。

幸甚は十四歳であったが、鉄血勤皇隊《てつけつきんのうたい》という部隊に配属されていた。第一中学の生徒たちはみな皇軍の兵士だったが、次々と犠牲になっていた。沖縄本土に米軍が上陸し、鉄血勤皇隊が所属する第五砲兵司令部は、南部に向けての撤退を決定する。そこで南部の糸満《いとまん》出身の幸甚と喜屋武《きやん》出身の金城《きんじよう》が道案内として先遣隊に加わることになるのだが、それは理不尽な兵士たちの暴力と混乱が続く行軍だった。途中、亡き姉の同級生の嘉数敏子《かかずとしこ》と出会い、幸甚は淡き恋心を抱きながら、いつしか飢餓地獄に入り込む。

沖縄戦の学徒隊の悲劇というと第一高等女学校のひめゆり学徒隊が有名だが、鉄血勤皇隊という少年兵たちの悲劇もあることをはじめて知った。徴兵の年齢は二十歳以上であったが、戦況の悪化とともに徴兵制が改定されて十七歳までさがった。しかし沖縄では戦争末期、幼女と老婆を除き、十五歳以下の少年や六十五歳以上の老人まですべて兵士として動員されたのである。鉄血勤皇隊というのは十四歳から十七歳の学徒隊であり、強制的な従軍であったが、幸甚には抵抗がなかった。彼の夢は、帝国陸軍の将校になり、〝お国のため、天皇陛下のため、身を挺《てい》して鬼畜米英と戦い、大日本帝国を勝利へと導く〟ことだったからである。〝本気でそう思っていたし、鬼畜米英など皇軍の敵ではないと信じていた〟が、〝すべては嘘《うそ》。すべてはでたらめだったのだ〟と気づく。だが、そんなことはいえなかった。勤皇隊員たちは熱烈な軍国少年であり、天皇陛下に命を捧《ささ》げるのは当然と教えられてきたからである。

おそらくいまの読者には、天皇陛下のためにとか、お国のためにとかということが理解できないだろう。終戦から六十八年たち、平和を謳歌《おうか》して、もはや戦争を経験した人たちが少なくなっている。そのために少年や大人たちが軍国主義におかされたのを実感できない。でも、人間の善性を捉えたヒューマニズムの作家たち、たとえば山本周五郎《やまもとしゅうごろう》の『山本周五郎 戦中日記』や藤沢周平《ふじさわしゅうへい》の『半生の記』を読めばわかる。山本周五郎は新聞やラジオの報道にふれて〝鬼畜米英〟を倒すことに日々熱狂しているし、終戦の時に十七歳だった藤沢周平は軍国少年として後輩たちを予科練に送るアジ演説をしたことを後悔している。余談になるが、『橋のない川』で部落差別を訴えた人権派の住井《すみい》すゑも実は戦争中に、軍部讃美の小説を積極的に書いていたことが晩年判明した。皇国思想が唯一絶対であり、マスコミをはじめ批判は一切なく、むしろ戦争をあおる行為をした。軍国主義に傾くのが当然なのである。

実は、後半に入ると、幸甚が戦争のはじまる前、軍人ではなく、いつか小説家になることを夢見ていたことがわかる。だが、その夢を語ることさえ虚《むな》しくなるほど南下の過程は過酷だ。軍人たちは少年兵たちを殴り続け、民間人から食料を略奪し、壕《ごう》から民間人たちを追い出す。幸甚たちはその手先になるしかない。「なにが皇軍だい。人でなしの集団じゃないか」（一〇一頁）という台詞《せりふ》が出てくるけれど、その人でなしの行為を幸甚もまた飢餓を前にして行う。そうしなければ生きていけないからである。

この小説は、いうまでもなく戦争小説である。戦争というシステムの絶望的な愚かさと過ちを少年兵の幸甚と少女敏子に目撃させ、実感させる。そのあまりの過酷さに辛《つら》くなるかもしれない。次々と人が無惨にも死んでいくからである。だが、その夥《おびただ》しい死のなかでも恋心はめばえる。二人は次第に心を通わせ、愛を育むようになる。そう本書はまた、銃弾と砲撃と飢餓と無数の死のなかで展開する青春恋愛小説でもあるのだ。生きるか死ぬかの緊迫した情況のなかで心をさらけだし、互いのために生きようとする姿が美しい。

いや、美しいのは彼らの心ばかりではない。彼らを囲む自然もまた美しい。とくに二人が月夜に照らされた海を眺める場面が白眉《はくび》だろう。数日前まで人々の血で真っ赤に染まった海が、その穏やかな海面に月と星々を映し込み、〝月の形をした金のかたまりの周りに砂金をちりばめたかのよう〟に光り輝いている。幸甚は〝すべてを覆い尽くしてしまえ〟と思う。〝戦争という現実も、その戦争で奪われた命、なにもかもを失ってただひとり取り残された魂、空薬莢《からやっきょう》の山、野鳥についばまれ腐臭を放つ死体の群れ、すべてを覆い尽くしてしまえ、この視界から消し去ってくれ〟と。だが、その一方で、〝隠してはだめだ。逃げてはだめだ。これがおまえたちの生きている世界だ、死者たちの呪詛《じゅそ》が刻まれた血まみれの大地の上でおまえたちは生きていくのだ〟との思いも強い。敏子もまた、「なにも見なければよかった。

時々そう思うの。だけど、それじゃ死んでいった友達の魂が浮かばれない」、「生き残った人たちはこの戦争のことを、この戦争に命を奪われた同胞のことを決して忘れちゃいけないのよ」（二五五頁）と力強く答える。

この台詞によって第二次大戦が、東日本大震災とつながる。戦場での光景と思いが、東日本大震災の瓦礫にあふれた被災地と重なることになる。八十歳目前の幸甚が東日本大震災の瓦礫と死体を見て沖縄の地上戦を想起したのは、まさに理不尽な戦争（天災）によって膨大な生命を奪われたからである。〝ぼくたちは、ぼくの父は、母は、妹は、親戚は、友達は、どうしてこんな目に遭わされなければならなかったのですか〟（二一七頁）と幸甚は独白しているが、これもまた大震災を目の当たりにした人々の思いだろう。「生き残った人たちはこの戦争のことを、この戦争に命を奪われた同胞のことを決して忘れちゃいけないのよ」という敏子の思いそのままに、僕らは東日本大震災で（いや阪神淡路大震災もそうだ）失った人たちを決して忘れてはいけないのだ。

それにしても、である。それにしても何故《なぜ》これほどまでに物語が生々しく痛々しい響きをもつのか。悲しみが深いのか。何故このように死と向かい合う話を選んだのか。

もちろん対比される東日本大震災があるだろう。えんえんと続く瓦礫の風景に触発された作品であることはいうまでもない。一方で、返還直前の揺れる沖縄を舞台にした『弥勒世《みるくゆー》』で書き足りなかった思いがあったのかもしれない。その二つが根底にあると考えられるけれど、もうひとつ考えられないか。つまり、作者の身近なところで〝死〟を予感させるものがあったのではないかと。おそらくファンなら作者のホームページを見ているだろう。そしてそこにひとつの〝死〟が記されていることも知っているだろう。愛犬ワルテルの発病と闘病と死である。

本書『美ら海、血の海』は、集英社文庫ホームページに二〇一一年六月二十八日から二〇一二年十月五日まで連載されたものである。およそ月一回、全十六回をまとめたものであるが、愛犬ワルテルが亡くなったのは、二〇一二年十月七日である。作品に痛々しいまでに悲しい情感がみちているのは、馳星周が目前の〝死〟を凝視していたからだろう。愛《いと》しきものと暮らすことの嬉《うれ》しさと楽しさ、愛しきものの命を守ることの心がふるえるほどの喜び。それが一瞬のうちに奪われてしまう深い悲しみ、または抱くことができただろう数多くの幸福のあれこれを思い描きながら、本書を書き続けていたのではないか。

馳星周の小説は、故郷の北海道を舞台にした小説（たとえば『雪月夜《ゆきづきよ》』と連作短篇『約束の地で』。この二つは馳星周の隠れた名作だ）となると筆がやわらかく抒情的になる傾向があるけれど、そこには故郷への深い思いがあるからだろう。その思いはしかし故郷にあるばかりではないことが本書を読むとよくわかる。日本で唯一地上戦が繰り広げられた戦地としての沖縄にも、東日本大震災を体験した東北にも、二つを体験した日本にも、そして決して小説では書かれていない愛しきものにもあることがわかる。その切々たる思い、あふれる感情の深さに胸を揺すぶられるのである。本書を読んで思わず落涙するのは決して僕だけではないはずだ。

（いけがみ・ふゆき　文芸評論家）

初出　ｗｅｂ集英社文庫　二〇一一年六月二十八日～二〇一二年十月五日
この作品はオリジナル文庫です。

集英社文庫

美《ちゅ》ら海《うみ》、血《ち》の海《うみ》

2013年2月25日　第1刷　　定価はカバーに表示してあります。
2020年12月21日　第5刷

著　者　馳《はせ》　星周《せいしゅう》
発行者　徳永　真
発行所　株式会社　集英社
東京都千代田区一ツ橋2-5-10　〒101-8050
電話　【編集部】03-3230-6095
【読者係】03-3230-6080
【販売部】03-3230-6393(書店専用)
印　刷　凸版印刷株式会社
製　本　凸版印刷株式会社

フォーマットデザイン　アリヤマデザインストア　　マークデザイン　居山浩二

ISBN978-4-08-745034-7 C0193